在路上

王跃英 著

黄河出版传媒集团
宁夏人民出版社

图书在版编目（CIP）数据

在路上/ 王跃英著. -- 银川：宁夏人民出版社，
2016.5（2023.8重印）
　　ISBN 978-7-227--06356-8

Ⅰ. ①在… Ⅱ. ①王… Ⅲ. ①社会科学—文集
Ⅳ. ①C53

中国版本图书馆CIP数据核字（2016）第128593号

在路上　　　　　　　　　　　　　　　　王跃英　著

责任编辑　杨敏媛
封面设计　马　冬
责任印制　侯　俊

黄河出版传媒集团
宁夏人民出版社 出版发行

出 版 人　薛文斌
地　　址　宁夏银川市北京东路139号出版大厦（750001）
网　　址　http://www.yrpubm.com
网上书店　http://www.hh-book.com
电子信箱　nxrmcbs@126.com
邮购电话　0951-5052104　5052106
经　　销　全国新华书店
印刷装订　三河市嵩川印刷有限公司
印刷委托书号（宁）0027074

开本　640 mm×940 mm　1/16
印张　13.25
字数　200千字
版次　2016年6月第1版
印次　2023年8月第2次印刷
书号　ISBN 978-7-227-06356-8
定价　45.00元

版权所有　侵权必究

序

王学峰

《在路上》这部文论集共收录了王跃英同志近年来撰写的理论研讨文章及诗歌散文50多篇(组),近20万言。文集字里行间无不透露出作者热爱工作、热爱生活的激情。作者用朴实的文字真实记录了其在工作和生活中的"感"与"悟"。我有幸与跃英同志一起共事,平时我们一起谈论最多的是彼此对工作的一些想法。他对一些事物所持的观点和思路在我看来都有独到之处,在对许多问题一起探讨过程中,我们总能碰撞出火花,找到兴奋点。

我以为,关注本地区经济社会发展的人,也会关注这部文集收录的《依托区位地缘优势,提升生态旅游水平》《石嘴山市城市结构优化布局刍论》《当城市彰显着独有的个性》《明长城在银北分布及旅游开发考》《"全域旅游"对旅游发展的启示》等篇章。在这些文章中,作者以独特的视角和超前的思维对本地区经济社会发展中的优势,产业结构存在的突出问题,城市结构优化布局以及市域内旅游发展等方面提出了许多新颖、独到的见解,融入了许多新思想、新观念,值得深思和探讨,这也充分体现了作者对这块土地的热爱,对地方经济社会发展热切关注的情怀。

打造"文化机关,书香政协"这一文化建设品牌,是政协石嘴山市十届委员会确定的一项重点工作。作为承担这项工作任务的主要成员之一,跃英同志倾注了大量的智慧和心血。目前已经建成的以"三廊三室"为主体特征的文化基地特点突出、风格各异、相得益彰,为机关文化建设注入一股清新的气息。这项工作在宁夏政协系统独树一帜,形成了特色鲜明的机关文化建设品牌。2015年7月,自治区党委书记李建华来石嘴山市调研政协工作时,专门视察了机关文化建设,并给予充分肯定,这项成果也吸引了全国政协系统许多同行前来参观考察。可以自豪地说,我们的"三廊三室"文化建设品牌已经成为对外展示石嘴山市形象的一张靓丽的名片。

熟悉跃英同志的人都知道,跃英是从秦岭脚下走出的一位学子,尽管与故乡远隔千里,但这丝毫未能减少他对故园的热爱之情和关切之心。在为第二故乡贡献才华的同时,他也把一腔关爱之情倾洒在生养他的故乡。《在路上》文集中,同样收录着作者对故乡蓝田经济社会发展的思考。作为充满家国情怀的作家诗人,他在谱写的诗文中也尽情倾吐着对故乡的感恩之情,这种古道热肠,令人倍感亲切。

一页页翻开《在路上》文论集,上面记录的都是作者在生活中所积累的经验和"财富"。作为一名政协委员和公务人员,跃英那种孜孜不倦的学习态度,那种热切关注家乡经济社会发展的情怀,那种对事物的敏锐感知、富有创新意识和创造能力的精神,都是建设家园所要汇聚的正能量。在今天,我们的社会像这样满怀激情、忧国忧民的热血者多了,实现民族复兴的梦想当不会成为一句空言。

是为序。

2016年3月于石嘴山

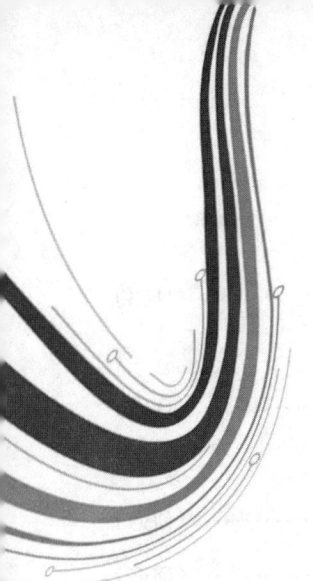

目 录
Contents

序 …………………………………………… 王学峰(001)

上 编

依托区位地缘优势　提升生态旅游水平 ……………………(003)
石嘴山市城市结构优化布局刍论 ……………………………(006)
当城市彰显着独有的个性 ……………………………………(012)
明长城在银北分布及旅游开发考 ……………………………(017)
确立理念　实现对接　开展活动
　　——大武口地区文化旅游发展建议 ……………………(026)
《山水城市大武口》读本 ……………………………………(028)
"全域旅游"对旅游发展的启示 ……………………………(034)
人生难得书卷气
　　——读马吉福文集《理性与本能的人生》………………(038)
纯粹的诗和纯粹的诗人 ………………………………………(042)
阅读者永远在路上
　　——兼谈赴全国政协干部培训班感受 …………………(044)

祛除"本领恐慌"的一剂良药

　　——参加复旦大学"金融创新专题培训班"思考 ………… (048)

开发"软资源"　发展石嘴山

　　——对开展市情教育的几点思考 ………………………… (055)

美的事物是永恒的喜悦

　　——点赞我们身边的细小之美 …………………………… (060)

与为师者说 ……………………………………………………… (066)

"文字下乡"采撷的中国故事

　　——简析《最爱七月枸杞红》 …………………………… (069)

山水诉笔端　慰我思乡情

　　——刘家乐山水画《锦绣江山千古秀》赏析 …………… (071)

百年修得同船渡 ………………………………………………… (075)

在政协工作岗位上建功立业 …………………………………… (077)

蓝田的优势　劣势和发展对策 ………………………………… (080)

秦岭无墨千年画　灞水无弦万古琴

　　——我与《发现蓝田》的结缘 …………………………… (088)

下　编

生命中的一段历程 ……………………………………………… (097)
仰望飘扬在映秀的那面旗帜 …………………………………… (104)
与外国政要的一次交往 ………………………………………… (107)
美丽老家 ………………………………………………………… (111)
师　者 …………………………………………………………… (114)

乡　村 …………………………………………… (117)

家　园 …………………………………………… (123)

母亲教给我的道理 ……………………………… (130)

你就是那个梅 …………………………………… (133)

记得当时年纪小
　　——30多年前的一段珍贵往事 …………… (136)

白鹿原上那片天 ………………………………… (139)

写给沙湖 ………………………………………… (143)

圣湖颂
　　——写给星海湖 …………………………… (147)

热爱一座城市 …………………………………… (151)

到龙泉山庄去 …………………………………… (153)

贺兰山东麓　我们的家乡 ……………………… (157)

人在旅途 ………………………………………… (160)

新惠农 …………………………………………… (164)

泥土的芬芳
　　——写在延安文艺座谈会会址 …………… (169)

六十年
　　——纪念《在延安文艺座谈会上的讲话》发表60周年
……………………………………………… (171)

百姓语言 ………………………………………… (173)

最朴素的感情 …………………………………… (176)

你是阳光我是花 ………………………………… (179)

把楹联写在党旗上 ……………………………… (181)

赴基层调研感言 ·· (183)

七律·石嘴山抒怀 ·· (185)

七律·感进海先生赴首府任职 ································ (188)

七律·赠老领导 ·· (189)

七律·和牛锐先生 ·· (191)

我的"走向故乡" ·· (192)

附：

建功塞上倾情桑梓的蓝田赤子

——记宁夏石嘴山市政协副秘书长王跃英 ········ 孙兴盛(196)

美的事物是永恒的喜悦（代后记） ···················· 作　者(202)

上编
SHANG BIAN

依托区位地缘优势　提升生态旅游水平

2011年10月25日,宁夏回族自治区人民政府常务会议审议通过了《贺兰山东麓百万亩葡萄产业带暨文化长廊发展规划》。规划显示:"十二五"期间,贺兰山东麓新建葡萄基地40.6万亩,到2020年,形成总规模达100万亩的葡萄产业带,这也将是世界范围内地域规模最大的葡萄产业基地。预计到2020年项目完成后,由此带来的国内生产总值达1000亿元以上。这项决策的规划并实施,将真正体现千百年来诗人们描述的"贺兰山下果园成,塞北江南旧有名"壮丽景色。作为与贺兰山唇齿相依的城市,石嘴山市要充分借助自治区这一发展战略,发挥其在贺兰山东麓葡萄文化长廊中的特殊作用,实现产业转型和社会转型。

彰显区域发展战略

葡萄文化产业能够促使宁夏经济新格局的确立。众所周知,宁夏经济增长方式属于粗放型,以投资拉动为主,消费动力不足,出口比重偏小,高新技术产业发展步伐缓慢,资源利用效率不高,节能、环保工作压力较大。同时,宁夏产业结构层次不高,尤其是布局在贺兰山沿线的城市,以重工业为主,传统产业、资源依赖型产业多,新兴产业少。第二产业中能源原材料产业比重较大,但大而不优,大而不强,对资源开发和投资依赖性较强。第一、第三产业比重小,对经济拉动较弱。所以,要提高经济增长的质量和效益,就必须推进经济结构的优化。

宁夏"十二五"规划明确指出,在重点培育的13个农业特色优势产业中,第一位就是优质酿酒产业和葡萄种植。将强化龙头和品牌带动作用,突出抓好优质酿酒产业集聚升级,进一步推进产业区域化布局,逐步实现宁夏产业由资源优势向竞争优势转化,把葡萄种植与酿酒产业培育成为宁夏的支柱产业和特色优势产业。这项产业发展战略的规划实施,对位于宁夏北部贺兰山东麓以工业为主体特征的石嘴山市转型发展是难得的历史机遇。

借助地缘特殊优势

石嘴山市大武口区、惠农区布局在贺兰山东麓冲积扇面上,是布局在贺兰山东麓葡萄文化产业带中唯一的城市区域。因此,石嘴山市有着得天独厚的地缘优势。石嘴山市城市周围生态环境恶劣,建设葡萄文化长廊对这一地区生态改善有着巨大作用;石嘴山市以煤立市,也是宁夏唯一的工业城市,工业特别是重工业比值占国内生产总值65%以上,农业产值不足5%,发展葡萄文化产业,可提升石嘴山的农业产业化水平,优化三次产业比重;葡萄文化产业带形成后,将进一步把沙湖旅游与贺兰山文化旅游有机地结合在一起,拓展了石嘴山旅游格局,有利于石嘴山旅游走出被边缘化的困境。综上所述,贺兰山东麓葡萄文化产业发展战略的实施,将极大地改善石嘴山市生态环境,提升石嘴山市文化旅游空间,优化城市三次产业布局,对以煤立市、亟待转型发展的石嘴山市而

言,其重要性、迫切性自不待言。

重点体现生态效应

道路先行。按照黄河金岸景观道路标准,高起点规划建设贺兰山东麓沿山(国道110)道路,使其不仅成为百里葡萄文化长廊的中轴线,同时也成为贺兰山东麓一条壮美的景观道路。

生态引领。尤其是在石嘴山区域更要充分彰显生态效益。作为一条国内外罕见的绵延近200公里的葡萄文化产业带,所规划的诸个单元,应各有千秋,切忌千人一面,相互雷同。对地处贺兰山洪积扇戈壁滩上的石嘴山区域而言,尤应以生态效应为根本。

旅游搭台。充分考虑石嘴山市与贺兰山唇齿相依的地缘特点,按照国家旅游线路标准,切实规划好沙湖与贺兰山(北武当生态旅游区)旅游线路延伸,达到"名山—名城—明湖"的有机衔接。

严格考核。建议设立贺兰山东麓葡萄文化长廊发展管理委员会,由自治区主要领导挂帅,相关城市及自治区相关部门组成。加大考核督查力度,明确发展进度,明确奖罚,切实将这项功在当代、荫及子孙的事业做好。

(本文系作者2012年为《华兴时报》"构建和谐富裕新宁夏,委员议政建言"专栏撰写的文章,略有改动)

石嘴山市城市结构优化布局刍论

石嘴山市1960年建市。建市50多年来,行政区划几经调整,城镇布局日趋合理。其中以2003年前后区划调整为最,即将当时的大武口区、石嘴山区、石炭井区和平罗县、惠农县、陶乐县6区县调整为新的大武口区、惠农区、平罗县。区划调整后的3区县人口、地域、经济结构等比较均衡,减少了行政成本。此后的十年,石嘴山市经济社会发展特别是城市化进程步入快车道。事实证明,行政区划的每一次调整,城市布局的每一次变动,都为本地区带来巨大的变化,有力地促进了经济社会发展。但是,受到各种因素制约,尽管石嘴山城市布局几经变迁,然而其工矿城市的功能性质并未改变,同城化速度相对缓慢。

按照自治区城镇化发展规划,到"十二五"末,石嘴山市将发展成为宁夏唯一的一个大城市(城市人口50万人以上),也是位于特大城市银川(城市人口超过100万人)以北的一座重要的副中心城市。同时,国家批准建立宁夏内陆开放型经济试验区和设立银川综合保税区之后,如何进一步确立自己的城市位置,科学规划城市布局,优化城市功能,彰显区位优势,积极融入"两区"建设之中,这是石嘴山市面临的尤为迫切的一个重大课题。

一、石嘴山市城市发展优势

1.宁夏最早设市地区之一。石嘴山市是国家"一五"时期布局的十大煤炭基地之一,为宁夏的工业发祥地,历史悠久,知名度较高。

2. 工业体系比较完备、成熟。在宁夏比较早地建成了工业园区体系，实现了城市生活区与工业园区有机分离、功能互补。目前，在石嘴山市5310平方公里区域面积内，共布局着3个区县（大武口区、惠农区、平罗县）、4个工业园区（石嘴山经济技术开发区、宁夏石嘴山高新技术产业园区、宁夏精细化工基地、石嘴山生态经济开发区），其中石嘴山经济技术开发区（惠农陆港经济区）和宁夏石嘴山高新技术产业园区已跻身于国家级工业园区行列。

3. 城市化率较高。到2013年末，石嘴山市常住总人口为75.93万人，其中城市人口54.10万，城市化率为71.25%，是宁夏五个地级市中城市化率较高的城市之一。全市城市建成区面积117.6平方公里，是宁夏唯一的"国家森林城市"。2014年6月，天津市城市规划设计研究院对《宁夏回族自治区城镇体系规划（2002–2020年）》实施情况进行了评估，评估报告显示，石嘴山市已跻身于大城市行列，这比自治区规划的到"十二五"末石嘴山市进入大城市行列提早了2年。

4. 距贺兰山最近的城市。城市名称即与贺兰山密切相关，石嘴山市主城区大武口区距贺兰山不足5公里，与之毗邻、依山而建的千年古寺北武当生态旅游区为国家3A级旅游景区，享有"山林古刹，西夏名兰"美誉，是石嘴山市民休闲娱乐的理想之地。

5. 为宁夏北部门户。城市区之一的惠农区位于宁夏北大门，是宁夏的北部门户，也是石嘴山市唯一毗邻黄河的滨河城市区，地理位置独特。惠农陆港经济区的建立，又为惠农区进一步做强打下了坚实的基础。

6. 国家5A级景区沙湖生态旅游区坐落在石嘴山市境。与众多位于深山僻壤、远离城市的国家5A级自然景区不同的是，沙湖生态旅游区是我国国家5A级自然景区中距离城市最近的景区(位于石嘴山市域,距石嘴山市中心城区大武口仅18公里,距宁夏首府银川30多公里),这为石嘴山市由工矿城市转型为旅游城市创造了得天独厚的客观条件。

7. 是宁夏贺兰山东麓葡萄文化长廊总体发展规划中唯一城市区坐落其中的城市。根据自治区产业布局规划,在沿贺兰山东麓200公里长的葡萄文化产业发展区域所涉及的石嘴山市、银川市、吴忠市三市中,仅有石嘴山市的两个城市区全部布局其中,纵长80公里。

8. 与首府接壤。石嘴山市是距宁夏首府银川最近的城市(约50公里)。目前已有两条与首府连通的高速公路、一条连接国家5A级景区沙湖的城际快速车道。毗邻首府的区位优势,为银石同城化发展奠定了良好的客观条件。

9. 市民结构多元,包容性强,综合素质较高,"五湖四海,自强不息"为其城市精神。

二、石嘴山市城市结构之不足

1. 城市布局先天不足。由于历史原因,因煤而建、依煤而兴的石嘴山市形成了工矿城市的特殊格局,目前仅有的两个城市区之间相距近50公里,难以体现城市的集聚、辐射效应。

2. 城市人气不足。由于种种原因,近10年来,石嘴山市人口一直在75万左右徘徊,且是宁夏唯一人口不足百万的地级市,究其原因:一是原石炭井矿务局、石嘴山矿务局并入神华宁煤集团并且总部由大武口迁入银川;二是近10年来国家无大的建设项目在石嘴山市域布局;三是石嘴山市特殊的工矿城市结构所致。

3. 第三产业发展滞后。城市集聚效应的缺失和人气不足导致的直接后果即是第三产业的萎缩。石嘴山市第三产业比重一直是发展中的短板,且长期在30%左右徘徊,是宁夏五个地级市中第三产业比重最低的城市。第三产业的严重滞后,直接制约着城市的繁荣和经济社会的跨越发展。

4.国土面积狭小是宁夏的基本区情,具体在石嘴山市域,同时并存的体制障碍是严重制约沙湖及其周边城市化进程的主要因素。

三、城市结构优化布局前瞻

1.发挥石嘴山市大武口区中心城区的区位优势。着重突出位于世界名山贺兰山阙这一独特区位优势,深度开发连接城市与贺兰山的北武当生态旅游区,将其建成特质突显的城市功能区,同时精心打造城市环星海湖而建品牌,充分彰显西部干旱带城市区独有的山水人文魅力。

辖域人口:25万人。

功能定位:山水园林新型工业城市区。

2.消除工矿城市弊端,祛除体制障碍,合理布局城市区间结构。建议依托国家5A级自然景区沙湖优势,将毗邻的星海镇(隆湖经济开发区)纳入其中,布局建立新的沙湖区,成为与首府银川相连的节点城市区。沙湖与石嘴山市中心城区大武口地缘相近,极易形成集聚、辐射效应。沙湖新区设立后,每年造访的百余万游客将在使石嘴山市由工矿城市向旅游城市华丽转身的同时,其巨大的人流必将带来物流、资金流和信息流,可有效带动第三产业发展,并且使石嘴山市城市区与首府银川相距缩短至30多公里,为银石同城化迈出坚实步伐。

辖域人口:10万人,流动人口150万人。

功能定位:生态旅游城区。

3.发挥惠农陆港经济区桥头堡区位优势,推动石嘴山市乃至宁夏物流业大发展。根据惠农区与大武口区相距较远又地处宁蒙交界的实际,建议对惠农陆港经济区实行计划单列管理,探索惠农区走县级城市区行政管理路子,条件成熟后,新设县级惠农市,彰显陆港经济区辐射效应,把惠农建成宁夏北部工业城市和西部重要的陆港经济区。

辖域人口:25万人。

功能定位:口岸城市。

4.加快大武口城市区东扩和平罗县城市新区西扩步伐,有步骤地开展太沙工业园项目转移搬迁,逐步实现大武口区及新建的沙湖区与平罗同城化,促进平罗城市化建设有一个质的飞跃。

石嘴山市城市结构布局优化后,全市将辖两区(即大武口区和新建的沙湖区)、一市(即新建的县级惠农市)、一县(即平罗县)。

全市人口:100万人;流动人口:200万人。

城市功能定位:由工矿城市转型为旅游和口岸城市。

四、前期工作步骤

1.建议把新建沙湖区和惠农陆港经济区体制建设作为石嘴山市乃至宁夏城市发展的大项目来对待,成立相应的工作机构,由自治区领导挂帅,抽调政策研究、公安、民政、城市规划、建设、招商及区县人员开展工作。

2.在城市规划布局中,把沙湖所在的原西大滩镇纳入石嘴山市城市建设规划之中(初始争取将平罗县原西大滩镇调整划归大武口区辖,统一规划建设,可以借鉴鄂尔多斯市康巴什新区建设模式)。

3.鉴于石嘴山市主城区大武口区连接沙湖至银川的快速通道即沙湖大道已于2009年建成通车,建议更名目前的"沙湖高速"路口为"石嘴山(沙湖)高速"路口,强化石嘴山市辖区地域意识;将现"石嘴山高速"路口改为"石嘴山(平罗)高速"路口。

4.对目前的沙湖辖区(原西大滩镇)高配行政架构,即先行设置为副

县级管辖权限,逐步向县级行政区过渡。

5.积极探索农垦企业与地方政府融入发展共赢机制,为沙湖区域城市化发展探索新路。

6.建议自治区民政厅积极争取国家行政区划政策支持。

7.在设立县级惠农市基础上,积极争取国家在石嘴山市合理布局较大规模的工业项目,支持石嘴山市永续发展。

(2014年与吴香荣合写。刊于《华兴时报》,荣获石嘴山市征文一等奖)

当城市彰显着独有的个性

五月刚刚来临,石嘴山城市街区的绿化带上,星星点点的马兰花竞相开放,给城市带来了一抹靓丽的风韵。在人们的记忆中,这种独特的美景,是近两年才在城市街区出现。作为曾经在宁夏最早举办"马兰花节"的城市,我们应当为之点赞。

来石嘴山的外地客人,除了对这个位于贺兰山下的城市呈现出"半城绿色半城湖"壮美景色由衷赞叹之外,对这里的独有景色也是赞美有加。

那么,哪些自然景观和人文景观能够彰显这个城市的个性呢?

贺兰山及岩画

在宁夏的城市布局上,石嘴山市的主城区大武口是距贺兰山最近的一座城市,惠农区又是与黄河唇齿相依的城市区。因此,追求城市与山水的亲和力,应是石嘴山市城市结构的显著特征。

在中国漫长的历史画卷里,贺兰山是北方游牧民族与中原农耕文化的交汇之地。其南北绵延220多公里,似一匹奔腾的骏马横亘在乌兰布和沙漠与宁夏平原之间。在众多的中国山脉中,贺兰山属少有的呈南北走向山脉。贺兰山又是一座年轻的山,围绕这条山脉布局的城市,从北至南,依次为乌海、石嘴山、银川、阿拉善、中卫。而因这条山脉得名、与这条山脉血肉相连的城市，即为石嘴山市。明《嘉靖宁夏新志》记载："出银川北行300余里，黄河岸边有一巨石，凸出如嘴。"这就是石嘴山市名最初的来由。贺兰山以其雄浑宽阔的体魄，抵挡了来自西伯利亚与蒙古的寒潮和流沙，使宁夏平原千百年来尽享黄河之利而少风沙之害，富庶一方，美名远扬。在浩如烟海的历史长河中，又有谁不对岳飞的《满江红》耳熟能详呢，"驾长车，踏破贺兰山缺"，虽经千年而历久弥新。而扑朔迷离的贺兰山岩画，又给贺兰山文化蒙上了一层神秘的色彩，岩画内容中游牧民族的生活场景、射猎图、对自然的图腾崇拜等等，无不蕴含着天人合一的哲学理念，其中黑石峁和双疙瘩岩画群距石嘴山市城市区大武口咫尺之遥。在20世纪五六十年代的中国西部开发中，贺兰山煤田的开采，享誉世界的太西煤的挖掘，使石嘴山名扬天下。百里煤海云集着来自天南地北的建设大军。在艰难的创业历程中，他们不仅创造着宁夏的工业文明，同时还带来了多元的移民文化，极大地丰富了这一地区的本土文化和人文内涵。"五湖四海，自强不息"的石嘴山精神，就是石嘴山市立市的真实写照。经过半个多世纪的建设，一座美丽的山水园林新型工业城市巍然屹立在贺兰山下。在宁夏城市的发展渊源上，唯有石嘴山这座城市与贺兰山血脉相连、浑然天成。

山为城市风骨，巍峨壮丽的贺兰山是石嘴山市最动人的背景，也是这座城市弥足珍贵的地理坐标。同样，遍布于贺兰山中灿若群星的岩画，又为这个城市增添了迷人的人文景观。

星海湖及沙湖

星海湖位于石嘴山市主城区大武口东部，2003年开始建设，湖区湿地面积43平方公里，水域面积23平方公里，目前已是国家水利风景区、国家湿地公园和国家水上运动训练基地，有南沙海、百鸟鸣、白鹭洲、金西域、鹤翔谷、新月海六大景观区域。经过十余年的建设，星海湖已成为集拦洪、蓄水、调节气候、生态园林景观为一体的综合性旅游景观区。

　　星海湖经历了从烂泥沼、湖泊湿地到湿地公园的转变过程，凝聚着石嘴山人的辛劳和智慧，彰显出"石嘴山精神"。湿地公园的建设，标志着星海湖湿地功能的恢复，其防洪、调洪和蓄水功能都得到最大程度的发挥。由于星海湖国家湿地公园毗邻市区，与周边的沙湖、北武当旅游景区组成互补的旅游网络，形成湖泊湿地、宗教圣地、生态资源、精品公园为一体的旅游格局，带动了石嘴山旅游业的发展。特别是地处贺兰山半干旱带，星海湖的开发，使石嘴山市主城区呈现出"半城绿色半城湖"的神奇景色，水系与城市相益，景观与人文相映，大大提升了石嘴山市的城市形象。

　　作为首批国家5A级景区，沙湖是石嘴山市乃至宁夏境内知名度最高的自然景区，每年游客百余万人，是石嘴山市域人口的两倍以上。近年来，来沙湖游览的国内外游客每年以30%的速度递增，2015年五一小长假仅仅三天时间，来沙湖的游客就接近10万人，创下历年新高。作为宁夏境内最具竞争力的自然景区，沙湖的独特魅力正在日益凸现。

　　沙湖与石嘴山市主城区大武口的直线距离18公里，仅仅一刻钟的车程。据考证，这是国家5A级自然景区距离城市区最近的景区。因为沙湖景区位于石嘴山市境内，因此，国内外游客因沙湖而了解、知晓石嘴山市，也在不断地走进石嘴山，这是一个不争的事实。但是，如何进一步将这一优良的自然资源与我们的城市相结合，使石嘴山市由目前的工矿城市向旅游城市华丽转身，还有更多的工作要做。

水为城市之魂。星海湖、沙湖以及遍布在市域各个角落的湖泊湿地,使我们的城市真正妩媚起来。

沙枣树及马兰花

在20世纪80年代,每逢5月中下旬,城市就充溢着沁人心脾的沙枣花香。至今数十年过去,一谈起沙枣花香,老石嘴山人仍是啧啧称奇,对其貌不扬的沙枣树情有独钟。令人欣喜的是,目前,在石嘴山市大武口区西北角连接北武当生态旅游区的110国道两旁,已经开始出现成片的沙枣林区。相信不久的将来,每逢沙枣花开时节,我们的城市又将洋溢在沙枣花的迷人清香之中。

沙枣树生命力极强,具有抗干旱、防风沙、耐盐碱、耐贫瘠等特点。天然沙枣树只分布在降水量低于150毫米的荒漠和半荒漠地区,这恰恰适合于北武当生态旅游区的地貌特征。沙枣树耐盐碱能力也很强,树侧根发达,根幅很大,在疏松的土壤中能生出很多根瘤,其中的固氮根瘤菌还能提高土壤肥力,改良土壤,有防风固沙作用。对于久遭风沙侵害的西北城市,沙枣树就像一队队忠诚而又朴实的士兵坚守着、呵护着我们的家园。

五月的城市,因空气中弥漫着沁人心脾的沙枣花香而平添了迷人的韵味。

马兰,又名马蔺、马莲,属鸢尾科、鸢尾属植物。花大新奇,花色绚丽,鲜艳夺目。花有蓝、白、黄、雪青等色。花期5~6月,每次可开花7~10天,耐观赏。马兰花在我国栽培有2000多年的历史,品种极多,难以计数。此花按植株高度不同可分3种类型:矮株型仅18~25厘米,中株型高

25~70厘米,高株型可高达120厘米。马兰花喜阳光,适栽于背风向沙质土壤中,而这一切特性都极适合于西北城市土壤栽种。

此外,位于贺兰山东麓的石嘴山市与盛产优质酿酒葡萄的法国波尔多同处北纬38度线上,特殊的地缘优势及地处宁夏平原北端和贺兰山东麓,使这里既适宜栽种优质葡萄又可以广种人间圣果枸杞,对一个城市来说,大自然如此厚爱,我们怎能不因势利导,将其孕育成为城市独有的个性呢!

古希腊哲人亚里士多德说过:"人们为了活着而聚集到城市,为了生活得更美好而居留于城市。"当城市彰显独有的个性元素,城市就会灵动起来,就会充满自信,充满向上的张力和活力。有个性的城市才是有特色的城市,有魅力的城市,也才是有生命力和竞争力的城市。

在人们心中,理想的城市应该是能够让人们像记住乡愁一样活着而且活得更好的城市。

(2015年)

明长城在银北分布及旅游开发考

银北地区有着非常丰富的古长城资源，其中以明长城为巨，明长城又名边墙。位于银北的石嘴山市主城区大武口名称本身就因建在长城关口衍化而来。沿着宁夏地形图，明长城由盐池、灵武一线蜿蜒而行，顺着宁夏北部地区地形图以"几"字形状自南向北到今惠农区镇远关后，又沿贺兰山自北向南直达中卫。其间在贺兰山一线又集中在大武口，古称"打硙口"。由于打硙口位于宁夏西边墙和北边墙交会处，是万里长城布局在宁夏的百关之一，因此，今天的大武口也是一座以长城关口命名的城市。在中华民族源远流长的5000年文明史中，长城贯穿其间2000多年。本文试就分布在大武口地区的明长城作阐释，并简要分析明长城与大武口这座城市区的渊源，以期对这一地区在久远的文化传承和当下的旅游产业开发方面有所裨益。

一、明长城的修建及在历史上的作用

明长城是明王朝在中国北部地区修筑的军事防御工程，亦称边墙，区别于由秦始皇所修的万里长城。国家文物局和国家测绘局于2009年4月18日首次公布明长城数据：其东起鸭绿江畔辽宁虎山，西至祁连山东麓甘肃嘉峪关，从东向西行经辽宁、河北、天津、北京、山西、内蒙古、陕西、宁夏、甘肃、青海10个省（自治区、直辖市）的156个县域，总长度8851.8公里。其中，人工墙体的长度为6259.6公里；壕堑长度为359.7公里；天然险长度为2232.4公里，气势宏伟，堪称世界奇迹。

1. 大明王朝的历史就是修建长城的历史

明朝建立以后，退回到漠北草原的蒙古贵族鞑靼、瓦剌诸部仍然不断南下骚扰抢掠。明中叶以后，女真族又兴起于东北地区，也不断威胁明王朝的边境安全。为了巩固北方的边防，在明朝200多年的统治中几乎没有停止过对长城的修筑工程。明代长城的修建过程，大体可以分为三个阶段。

明前期（1368年～1447年）对长城的修缮。明朝开国之初，国势强盛，明太祖洪武五年（1372年），出兵15万人分二路进击漠北，西路打通了河西走廊，设置甘州、庄浪诸卫。洪武二十年（1387年），大将军冯胜、蓝玉经略东北，将边界推进到大兴安岭以西，明成祖朱棣即位后，永乐八年至二十二年（1410年～1424年）的15年间，先后五次发兵，深入漠北，使瓦剌和鞑靼分别接受了明王朝册封。明王朝的北部边防线推进到大兴安岭、阴山、贺兰山以西以北一带。明前期的长城工程主要是在北魏、北齐、隋长城基础上，增建烟墩、烽堠、戍堡、壕堑，局部地段将土垣改成石墙。修缮重点是北京西北至山西大同的外边长城和山海关至居庸关沿边关隘。

明中叶（1448年～1566年）的大规模兴筑。"土木之变"以后，瓦剌、鞑靼不断兴兵犯边掳掠，迫使明王朝把修筑北方长城、增建墩堡作为当务之急，百余年间建成众多长城重镇。

明后期（1567年～1620年）隆庆、万历之际。蒙古族俺答部与明王朝议和互市，北方边境稍安，边患主要来自东北的女真族。万历初年，辽东镇总兵李成梁拓边建宽奠、孤山六堡，继而重修辽东边墙。工程主要是建空心墙台，用砖石为墙。万历四十七年（1619年），明将熊廷弼主持修缮了建堡的工役。

2.明长城的作用

明代长城的修建,在军事上抵御了少数民族的侵扰,在经济上促进了边疆经济开发,政治上巩固了多民族国家的统一。而明长城是中国历史上费时最久、工程最大、防御体系和结构最为完善的长城工程,它对明王朝防御掠扰,保护国家安全和人民生产生活安定,开发边远地区,保护中原与西北域外的交通联系都起过巨大的作用,同时,也充分体现了中国古代建筑工程的伟大成就和劳动人民的聪明才智。

二、大武口地区明长城分布情况

大武口原名打硙口,意为"打凿石磨的山口",也为"大硇口",是贺兰山东麓36个隘口之一。自古以来,这里就是古代游牧民族迁徙和北方草原丝绸之路的必经之地,更是关中、陇上北出塞外的重要关隘。明时,国土边防收缩,贺兰山成为明王朝与蒙古瓦剌、鞑靼交战的界山。蒙古铁骑常常突破贺兰山与明军作战。由于打硙口沟宽阔且水源丰富,便于大队骑兵穿行,史书称蒙古骑兵多"取捷径于此"。因之,打硙口与胜金关、三关口和镇远关并称宁夏"城防四隘"。

大武口长城肇始于秦汉,唐代扩建沿用,明代全面兴修驻防,并称为"边墙",是万里长城的重要组成部分。同时,大武口又是宁夏北边墙与西边墙交会点(北边墙在明代称为北门关墙,俗称大武口长城,建于1530年,西自大武口枣儿沟,东至黄河岸边,长约25公里。西边墙即在贺兰山东麓各主要山口修建的关墙,该段长城系不同时期分段修筑,跨越今惠农、大武口及平罗等县区,全长39.1944公里,其中土墙12.65公里,石墙3.39公里,山险23.15公里。沿线烽火台147座,敌台43座,关堡8座,挡马墙1段,题刻4处),曾设打硙口堡、临山堡、潮湖堡等屯兵点,明代各个时期修筑的、技术迥异的长城都有遗存,多为黄土夯、沙石构筑、石块垒砌等建筑形式，成为立体的军事防御体系，堪称长城博物馆，大武口也成为长城古塞、边防重镇，有"大漠咽喉""贺兰山阙"之称。

尽管大武口早为军事城堡和长城关口，但几经变迁，在历史长河中起起落落，多有存废。至新中国成立时，这里仅为一座几近荒废的山边小镇，人烟稀少。"三线"建设期间，这里才又一次成为中心，及至20世纪60年代石嘴山市成立，这里首次成为一个县级建制地区（曾称一区），至70年代，石嘴山市政府正式从50公里外的石嘴山区（曾称二区）搬迁至此时，这里人口仅10余万。及至80年代，市委、政府根据大武口区"市不像市"现象，作出"重点发展大武口"决策，大武口城市建设才步入快车道。2003年区划调整后，处于贺兰山深处的原石炭井区（曾称三区）正式并入大武口区版图，大武口区人口首次接近30万，步入中等城市区。目前，大武口地域面积1008平方公里，人口30万。

大武口域内明长城共有十余处之多，总长度愈100公里，其中人工墙体数十公里，高于全国有明长城的156个县域平均数。

1. 大武口明长城。大武口长城，又称边防北关门墙，由总制尚书王琼始筑于嘉靖九年（1530年），"东自黄河，西抵贺兰筑墙，以庶平虏城者"，其线路"由沙湖西至贺兰山之枣儿沟，凡三十五里，皆内筑墙，高厚各二丈，外浚堑，深广各一丈五尺"。嘉靖十九年（1540年）杨守礼曾奏请维修。该道长城西起平罗县高庄乡金星村（俗称边墙头子），向西经幸福村、惠威村、城关镇平罗渔场，过包兰铁路，再经大武口区明水湖农场、兴民村，止点在贺兰山枣儿沟临山墩，全长19223.7米，调查墙体12段，地表有痕迹者12128.7米，均属夯筑土墙。因地处现代村落内，毁墙取土、扩展田地、修建公路及扬水管道、倚墙建房等人为破坏比较突出，同时山洪冲刷等自然破坏也很严重，有的地段甚至出现了大段消失，现存墙体亦多坍塌成斜坡状。目前，大武口明长城在北武当生态旅游区北侧仅留东西相距4公里左右的两座烽火台遥遥相望，之间的长城墙体有少量痕迹。烽火台是座边长二三百米、略成正方形的城堡，南面还有个小瓮城。

2.归德沟明长城。归德沟明长城位于大武口归德沟景区西南方向，长城呈东西走向，由两段石墙（分别长约96.6米、34.7米）和两段土墙（分别长约441米、1067.9米）组成，高约4.3米，是大武口西长城之精华部分。

由于此段长城位于贺兰山中，相对远离人迹，人为破坏较轻，保存相对完好，是贺兰山明长城精华段，成为归德沟景区一道靓丽的人文景观。

3.大武口域内其他明长城。主要是指沿宁夏西北贺兰山东麓及诸沟口修筑的长城防御设施，该段长城系不同时期分段修筑，根据修筑时间及区段位置，史书又有西边墙、城西南墙、边防西关门墙等不同称呼。宁夏明长城西边墙始筑于成化九年（1473年），其间屡有增修与加固，最晚于天启年初，再次对贺兰山诸口和西边关墙进行了一次加固维修。其中有枣儿沟段，长度5700米；韭菜沟段，长度800米；大风沟3段，总长度4680米；小风沟段，长度2640米；小风沟—汝箕沟段，长度3000米。相对处于平原地区的北长城，大武口西长城保存比较完好，同时，在韭菜沟、归德沟及枣儿沟等处均有长城石墙存在。

三、对贺兰山战事的文化记录及大武口明长城文化旅游开发建议

万里长城是封建政权为抵御"外族"入侵而建立于荒野大漠之间的宏伟建筑。在冷兵器时代，长城既是有效抵御外族入侵的军事屏障，也是人类意志力的伟大显现。大武口作为万里长城百关之一，具有完善的军事设施，立体的防御体系，也承载着丰厚的文化基因。建在贺兰山之巅的长城，也毫无例外地引发历代文人将士在戎马倥偬之余，留下壮怀激烈的诗词歌赋。因此，在对长城的修复保护和开发利用的同时，也应注重对长城文化的挖掘保护和整理。

1. 历史上关于贺兰山战事的诗词歌赋

贺兰山自古即为中原农耕民族与北方游牧民族激烈冲突的界山，也是一座名副其实的"军山"。自秦至明，发生在贺兰山的军事冲突无以计数，所修建的长城也成为战争的突出见证，历朝历代文人将士留下的诗词歌赋浩如烟海。这里仅录唐、宋、元三个时期颇具代表性的诗词各一首，以达管中窥豹之效。

《老将行》（唐·王维）

少年十五二十时，步行夺得胡马骑。

射杀中山白额虎，肯数邺下黄须儿。

一身转战三千里，一剑曾当百万师。

汉兵奋迅如霹雳，虏骑崩腾畏蒺藜。

卫青不败由天幸，李广无功缘数奇。

自从弃置便衰朽，世事蹉跎成白首。

昔时飞箭无全目，今日垂杨生左肘。

路旁时卖故侯瓜，门前学种先生柳。

苍茫古木连穷巷，寥落寒山对虚牖。

誓令疏勒出飞泉，不似颍川空使酒。

贺兰山下阵如云，羽檄交驰日夕闻。

节使三河募年少，诏书五道出将军。

试拂铁衣如雪色，聊持宝剑动星文。

愿得燕弓射天将，耻令越甲鸣吴军。

莫嫌旧日云中守，犹堪一战取功勋。

《满江红》(宋·岳飞)

怒发冲冠,凭阑处、潇潇雨歇。抬望眼、仰天长啸,壮怀激烈。三十功名尘与土,八千里路云和月。莫等闲,白了少年头,空悲切。靖康耻,犹未雪;臣子恨,何时灭。驾长车,踏破贺兰山缺。壮志饥餐胡虏肉,笑谈渴饮匈奴血。待从头、收拾旧山河,朝天阙。

《征西壮士歌》(元·元好问)

三十未有二十强,手中蛇矛丈八长。

总为官家金印大,不怕百死上沙场。

捉却贺兰山下贼,金鞍绣帽好还乡。

寒涛日夜雷声吼,突出前山四五峰。

2. 直接抒写"打硙口"战事的诗词歌赋

据古文献记载,有明代任宁夏巡抚的杨守礼《入打硙口》和以兵部尚书总制宁夏的浙江人唐龙的《打硙口之捷》。

杨守礼,明中期首任宁夏巡抚和陕西三边总督,在宁夏加固边墙、增筑关堡,整肃边防,并主纂修《嘉靖宁夏新志》,在任政绩卓著。他率宁夏总兵、参将到打硙口设防时,写下《入打硙口》,诗云:

打硙古塞黄尘合,匹马登临亦壮哉。

云匿旌旗春草侵,风情鼓吹野烟开。

山川设险何年度,文武提兵今日来。

收拾边疆归一统,惭无韩范济世才。

以兵部尚书总制宁夏军务的浙江人唐龙,记述了嘉靖十三年、十五年、十六年三次大捷,地点就在打硙口,诗名为《打硙口之捷》:

月明胡骑遁沙场,诸路交驰羽檄忙。

共有肤功腾幕府,喜将三捷献明光。

帐前鹤唳榆阴碧,鞯上鹰飞草色黄。

闻道房中饥食马,人人惊说汉兵强。

3.大武口明长城军事文化传承和旅游开发

①开发大武口明长城,能够充分体现这一地区独有的文化历史传承。众所周知,大武口地名源于长城关口,尊敬地名就是尊敬历史。地名不仅是一个地方名称所代表的空间范围和时间范围,而且还有其历史、文化、社会、民族等各个方面的意义。从发展的角度讲,它确定了城市的定位、定性和定向问题。如果祛除了长城、战争所赋予的历史含义,"大武口"这一名称就无法为世人所理解和接受,这一地区的历史、文化等也就无法得以传承。从这个意义讲,大武口明长城的修复和开发利用,既是对历史的尊重,也是对这一地区文化的有机传承,同时也彰显着本地区的文化核心竞争力。

②有序修复和开发利用大武口域内明长城。首先,应围绕蜿蜒于大武口北武当生态旅游区内贺兰山上的明长城,申请立项"大武口明长城修复工程",使其成为景区内重要景点。立项修复景区内贺兰山明长城,其重要性不仅在于提升北武当生态旅游区品位,而且还原了大武口曾为古战场的史实,也彰显了宁夏"中国长城博物馆"美称。力证宁夏最美的一段长城在大武口,依据一,唯有这一段长城在山上、在景区、在城里;依据二,这一段古长城本身即具备着"雄、奇、险、秀"的特征。修复后的贺兰山明长城将会成为市民休闲登临的最佳去处,同时与其南面的"佛"字交相辉映,形成"一佛一世界,一墙一景观"的壮美景色。其次,修复开发位于归德沟景区的明长城。由于归德沟景区内明长城处在贺兰山中,相对远离人迹,人为破坏较轻。因此,建议本着体现原貌的原则,在申请立项修复同时,着重增加保护措施,设立保护经费。建

议旅游部门结合景区周围景观,统筹规划,保持景区内长城原貌不受破坏、改变。第三,对大武口域内其他长城应在保护的同时,创造条件,筹划"长城博物馆",集中展示宁夏乃至中国明长城风貌。

③围绕岳飞"满江红"做好贺兰山军事文化园文章。如此,既丰富了明长城开发修复内容,又丰富了"大武口"的内涵。今人熟知贺兰山,多是源于岳飞气吞山河的《满江红》。一句"驾长车,踏破贺兰山缺"燃起人们多少家国情怀?作为与贺兰山唇齿相依的城市,岳飞的《满江红》词应成为我们这个因长城关口而衍化成名姓的城市街区举目可见、市民耳熟能详的文化品牌。此外,上世纪六七十年代在贺兰山一线驻扎的兰州军区部队,在10余年间里先后有10余万人驻守,并留下许多军事防御工程,也留下了弥足珍贵的"贺兰山精神",为军迷神往之地,军事文化园可作传承,这都为开发、修复明长城提供了客观因素。

（2015年与闫惠莉、韩学斌合作）

确立理念　实现对接　开展活动

——大武口地区文化旅游发展建议

一、确立"两个理念"

1.确立"城区即景区"理念。以贺兰山为地理坐标，以北武当生态旅游区创国家4A级景区为契机，在将北武当生态旅游区打造为城市功能区同时，充分发挥星海湖国家级水利风景区独特优势，整合大武口地区文化旅游资源，提升文明生态水平，将大武口区整体建成具备国家4A级景区标准的新型山水园林城市区。

2.确立将"北武当生态旅游区"打造为石嘴山主城区之城市功能区理念。北武当生态旅游区是目前石嘴山市仅有的2个国家3A级景区之一。在石嘴山市"十二五"文化旅游规划中，确定北武当生态旅游区打造成国家4A级景区的目标。尽管各级部门都作出了努力，但在五年规划中仍未实现。对此建议做以下工作：

第一，围绕岳飞《满江红》做好贺兰山军事文化园文章。

第二，围绕贺兰山岩画做好岩画文章。

第三，围绕寿佛寺做好宗教文章。

考证寿佛寺是"百年古寺"还是"千年古寺"。探讨"千年古寺"依据：其一，"西夏名蓝，山林古刹"，有近千年历史；其二，北武当与银川的多宝塔均为西夏风格，是实物见证。

考证寿佛寺为慈禧太后所赐的历史(钦赐"护国寿佛禅寺")。

考证寿佛寺中"寿"文化含义。

考证武当庙、寿佛寺中"庙"与"寺"的关系(寺敬菩萨庙敬神),阐释"寺庙文化"。

第四,围绕北武当生态区规划与周边景区的点线衔接。畅通与主城区的双向交通,形成环北武当生态旅游区交通格局。

二、实现"两个对接"

1.对接"贺兰山东麓葡萄产业长廊"。根据自治区规划,沿贺兰山东麓打造200公里长葡萄产业带。这是基于宁夏独特的地理位置和资源禀赋提出的具有世界级水平的战略。在200公里葡萄产业带中,唯有石嘴山市城市区被全部规划在其中。其优势一是生态,二是产业,三是景观。

2.对接近在咫尺的国家5A级景区沙湖与石嘴山市主城区。

三、开展"两个活动"

1.开展评选石嘴山市主城区(大武口)"十大名片"活动。组织专家学者遴选推荐能够代表大武口地区形象的人和事物,进行评选推荐。可遴选20个以上,交由电视报刊媒体进行宣传,由群众投票选出,最后由政府确定公布,颁发10个"石嘴山市主城区(大武口)十大名片"及10个提名,进行广泛宣传,提升大武口品位。

2.开展"山水城市大武口"诗词征文活动。面向宁夏开展"山水城市大武口"诗词征文活动。以歌词为主,征集歌唱大武口的歌词,进行评选,对征集出的优秀歌词,汇编成册,邀请作曲家谱曲,作为大武口地区开展各种文化活动的主题歌。

(2015年在大武口区人民政府"文化旅游业发展"研讨会上的发言)

《山水城市大武口》读本

大武口,我家乡;历史久,名远扬。

新石器,有人迹;边塞地,古战场[①②]。

汉武帝,平匈奴;九泉墓,立山岗[③]。

明长城,御鞑靼;旧边墙,叹国殇[④]。

新中国,山河变;"大三线",建设忙[⑤]。

工业城,显辉煌;太西煤,世无双[⑥]。

九〇五,勇担当;钽铌铍,争三强[⑦]。

高新区,国家级;孵化园,正成长[⑧]。

山水城,新气象;十里街,迎朝阳。

贺兰山,作屏障;星海湖,城中央。

新区美,建湖西;聚人气,连城乡。

大学区,建湖东;宁理工,有名望[⑨]。

宪法园,润心田;步行街,人熙攘[⑩]。

进展馆,观古今;文化园,百花香[⑪]。

清真寺,做礼拜;和谐音,长回荡。

石炭井,重规划;棚户区,改造忙。

大峰矿,深山藏;住锦林,大变样[⑫]。

南沙窝,沙水依;府佑居,品水香。

On the Road 2016

旅游城,新思想;城亦景,人向往。
北武当,入云天;奇石山,奇石藏。
韭菜沟,军迷恋;归德沟,景色靓⑬⑭。
地质园,有洞天;岩画多,刻山上⑮。
星海镇,沐恩居;温棚建,瓜果长。
农家乐,龙泉庄;山泉甜,野菜香。
老干校,沙湖旁;红色景,永难忘⑯。
炭雕奇,质优良;凉皮香,销苏杭。
火车站,迎宾客;高速路,通远方。
铺轻轨,建机场;连首府,促开放。
森林城,好风光;戈壁滩,着绿装。
街区美,罩绿荫;园林化,美城乡。
舍予园,绿长廊;银杏园,织梦想。
花产业,展新颜;红叶林,满山岗。
沙枣树,风沙挡;马兰花,开街巷;
葡萄酒,味醇香;枸杞果,醉客商。
双拥城,好传统;军地情,情谊长。
十余载,十万兵;大武口,大后方⑰。
薪火传,立新功;子弟兵,绿化忙。
贺兰山,铸军魂;武警林,镌徽章⑱。
文明城,多才俊;何季麟,是榜样⑲。
好警官,数陈莉;陈逢干,慈善王⑳㉑。
孙丽华,当"总理";在小巷,她最忙㉒。
王吉宗,学雷锋;行千里,美名扬㉓。

029

周淑琴,有美德;孝老人,爱无疆[24]。

山水秀,蕴灵气;人文景,耀四方。

渣渣子,入非遗;歌舞美,串铃响[25][26]。

折红旭,剪窗花;老年舞,有气场[27]。

小说家,写秘史;版画家,获鲁奖[28][29]。

英雄气,贯长虹;正能量,传塞上。

学榜样,立志向;创"六城",建家乡[30]。

山水城,风帆扬;中国梦,奔小康!

注 释:

①据考证,大武口地区早在新石器时代已有人类活动。

②大武口是内蒙古河套及阿拉善地区进入宁夏平原的咽喉要道,具有重要战略地位,时称"打硙口",是贺兰山36个隘口之一,与胜金关、三关口和镇远关合称为宁夏"城防四隘"。后改为"大武口",意为武士征战过的地方。

③汉武帝于元朔二年(公元前127年)举兵反击匈奴,大将卫青引兵沿黄河西进,全部收复河南地,设置朔方、五原两郡。宁夏古称"朔方",今大武口区龙泉村(原九泉)立有汉墓数十座,经考证均为汉代将士墓塚。

④明代把长城称为边墙。因大硙口在西边墙、北边墙和贺兰山口交汇处,明廷在此筑墙修关,抵御北犯之敌。今仅剩关墙和烽火台遗址。"打硙口"是中国长城百关之一,大武口也成为一座以长城关口命名的城市。

⑤新中国成立后,进行"三线"建设(所谓"三线",指当时经济相对发达且处于国防前线的沿边沿海地区向内地收缩划分的三道线。一线

地区指位于沿边沿海的前线地区;二线地区指一线地区与京广铁路之间的皖、赣及冀、豫、鄂、湘东半部;三线地区主要包括川、黔、滇、陕、甘、宁、青等省区及晋、冀、豫、湘、鄂、桂、粤等省区的部分地区,其中西南的川、贵、云和西北的陕、甘、宁、青俗称为"大三线"),在宁夏,宁北地区为"三线"建设主战场。

⑥"太西煤"产于贺兰山中,因在"太原以西"而得名。有三低(低灰、低硫、低磷)、六高(高发热量、高比电阻、高块煤率、高化学活性、高精煤回收率和高机械强度)特点,是世所罕见的优质煤种。

⑦"九〇五"即今宁夏东方钽业股份有限公司。1965年,根据国家"三线"建设要求,公司前身由北京搬迁至宁夏建成九〇五厂。公司钽粉产销量多年位居世界前三名。

⑧即国家级石嘴山经济开发区。

⑨"宁理工"即宁夏理工学院。

⑩"宪法园"即青山公园。大武口区在位于市中心的青山公园将宪法元素融入市民的休闲娱乐之中,寓教于乐,市民百姓称之为"宪法公园"。

⑪2010年,博物馆、科技馆、图书馆及文化艺术中心在新区落成,2014年职工文化中心建成,简称"三馆两中心"。

⑫"锦林"即锦林小区。是为安居长期居住在贺兰山矿区职工建设的棚户区改造项目。目前已有矿山职工及家属近5万人搬迁入住。

⑬韭菜沟,位于武当庙北侧,全长10公里,四面环山,险峻幽静。20世纪中叶因国防需要,在韭菜沟内建造了许多军事防御工程,是军迷神往之地。

⑭归德沟,位于北武当南侧,山谷内主要有"四景一泉",即古长城

烽火台、归德沟岩画群、转洞沟、沙窑田园及其滩山水泉。这些"景"和"泉"形成了一道靓丽的风景线。

⑮贺兰山岩画距今5000~1万年,遍布在南北长220多公里的贺兰山腹地。这些岩画再现了先祖的审美观念、社会习俗和生活情趣,也是珍贵的人类非物质文化遗产。

⑯"老干校"即国务院"五七干校"博物馆,是在原址上规划建设的再现"文化大革命"期间国务院直属口千名机关干部和家属子女劳动、学习经历的景点。

⑰即1969年至1979年10余年间在贺兰山驻扎的兰州军区部队,先后共有10余万官兵驻守。

⑱"武警林"即由武警宁夏总队在大武口北武当生态区建造的武警万亩林。部队计划用10年时间在戈壁滩上建造10万亩林地,是新时期军民共建丰碑。

⑲何季麟,宁夏东方钽业股份有限公司原董事长,中国工程院院士。

⑳陈莉,石嘴山市公安局法医,党的十八大代表。

㉑陈逢干,石嘴山市榆树沟煤炭产销公司董事长。2006年以来,连续9年荣获"中国十大慈善家"称号。

㉒孙丽华,大武口工人街社区原主任。全国"三八"红旗手,感动宁夏十大新闻人物。

㉓王吉宗,原宁夏煤炭基建公司司机。全国劳动模范。

㉔周淑琴,大武口锦林丽日社区居民。全国道德模范。

㉕北武当庙佛教音乐"渣渣子"2007年被列入宁夏非物质文化遗产名录。

㉖由石嘴山市文化馆选送的回族歌舞节目《串铃声声》荣获文化部

颁发的"群星奖"。

㉗折红旭,大武口地区民间剪纸代表性传承人。其《八骏图》《民族风情》等作品获国家级奖励。

㉘著名作家郑正撰写《贺兰山剿匪记》,回族女作家马丽华撰写《阴山下,乌不浪口——绥西抗战纪实》。

㉙著名版画家姚家树荣获"鲁迅版画奖"。

㉚"六城联创",即以创建全国文明城市为龙头,统筹推进国家森林城市、园林城市、卫生城市、"双拥"模范城市、法治城市建设。大武口区为石嘴山市"六城联创"主城区。

(2015年)

"全域旅游"对旅游发展的启示

一、"全域旅游"的提出及基本内涵

2015年8月,在黄山召开的全国旅游工作研讨班上,国家旅游局局长李金早从国家旅游层面,首次明确提出全面推动全域旅游发展的战略部署,并给出量化工作目标,即"在全国2000多个县中,每年以10%的规模来创建。2015年要推进200个县实现全域旅游,3年实现600个县全域旅游"。李金早认为,"全域旅游对生产要素的配置,更能发挥旅游的导向作用。要用全域旅游的概念,布局旅游产业发展,发挥全域旅游对生产要素布局的导向作用"。随后,国家旅游局下发了《关于开展"国家全域旅游示范区"创建工作的通知》。

全域旅游是指在一定区域内,以旅游业为优势产业,通过对区域内经济社会资源尤其是旅游资源、相关产业、生态环境、公共服务、体制机制、政策法规、文明素质等进行全方位、系统化的优化提升,实现区域资源有机整合、产业融合发展、社会共建共享,以旅游业带动和促进经济社会协调发展的一种新的区域协调发展理念和模式。毋庸置疑,全域旅游是我国旅游产业发展的又一重大战略导向,是新形势下旅游工作的"新常态"。这一政策的提出和实施,必将对未来旅游的资源保护、规划设计、投资建设、运营管理等产生积极而深远的影响。

经过三十多年的发展,我国旅游业已与社会经济发展高度关联,体现在资源利用广度和深度与日俱增,在GDP和就业岗位中占比不断提高,实现与其他产业门类的融合发展,在城乡居民精神文化生活中的积极作用显著增强,对地区发展方式转型升级的引领和支撑作用日渐显现。由此,旅游业已成为国家和各级地方政府确认的主导产业和支柱产业。

二、"全域旅游"中宁夏的大作为

2016年1月11日,自治区主席刘慧在《政府工作报告》中提出:发展全域旅游,按照"全景、全业、全时、全民"模式,创建全域旅游示范省(区),依托宁夏旅游集团建立旅游发展联盟,整合旅游资源,把全区作为一个旅游目的地打造。加快旅游与文化、工业、农业以及体育、商贸等融合,开发一批全天候、全方位、体验型旅游产品,推出更多独特旅游商品,拉长产业链。办好中美旅游高峰论坛、"驾越丝路"等活动,实施"十百千万"工程,培育一批优秀景区、旅行社和旅游从业人员,重拳整治价格欺诈、强制购物等乱象,把"塞上江南·神奇宁夏"品牌打得更响。

这是迄今为止国内首个以省域范围为单元提出打造"全域旅游"的省区。

2016年2月5日,国家旅游局公布了首批262个"国家全域旅游示范区"。宁夏中卫市、银川市西夏区、永宁县、石嘴山市平罗县、吴忠青铜峡市、固原市泾源县榜上有名。入选比例均为宁夏地市和县区的20%,高于国家(10%左右)和其他省区入选比例。

2016年2月3日,宁夏旅游工作会议上,自治区旅游局负责人表示,着力建设全域旅游示范区,是宁夏旅游业转型发展的历史机遇。

全域旅游是宁夏旅游的一大优势,发展全域旅游也是宁夏旅游业当下的一项重点和亮点工作。全域旅游,它是个理念,是个趋势,也是旅游业发展到一定阶段的目标,宁夏有发展全域旅游的先天优势。

为此,自治区旅游局将加大对全域旅游示范市县创建工作的支持力度,在统筹旅游发展专项资金投向时优先考虑,在安排旅游基础设施建设时优先支持,在确定旅游投资优选项目名录时优先纳入,在国家A级景区等旅游品牌创建和标准化建设上优先扶持,在旅游人才和从业人员培训上优先安排,在对外宣传营销中优先推介,全力确保创建工作稳步推进。

三、"全域旅游"下石嘴山市旅游发展面临的机遇

在2016年1月20日石嘴山市"两会"上,《政府工作报告》明确提出,"十三五"期间,石嘴山市要"实施现代物流业提升工程和全域旅游开发工程,建设面向全国和阿拉伯国家的现代物流中心,推进沙湖带动的全域旅游开发"。2016年,要"突出抓好文化旅游业。深化与沙湖在旅游规划上的对接融合,抓好奇石山等传统文化旅游景区改造,启动建设'煤城·记忆'景区,做好工业、城市遗迹保护利用,推进大沙湖旅游区建设,吸引游客进市区观光消费。加强旅游从业人员技能培训,完善旅游服务设施,创建国家旅游标准化试点城市。"

创建"国家全域旅游示范区",根本点是由过去的"景点旅游"向"全域旅游"转变。然而,从宁夏入选的6个市县(区)来分析,国家全域旅游示范区的市县区均以国家4A级以上景区为支撑,如中卫市、银川市西夏区、石嘴山市平罗县域内均布有沙坡头、西部影视城和沙湖等国家5A级景区;吴忠青铜峡市、银川市永宁县、固原市泾源县均布有黄河大峡谷、中华回乡文化园和六盘山国家森林公园等国家4A级景区。这就说明,率先进入"国家全域旅游示范区"的先决条件中,具有影响力的高品位景区不可或缺,因此,我们必须从实际出发,打牢基础,唯此,创建国家全域旅

游示范区工作才会真正落入实处。

目前,石嘴山市平罗县已被确定为"国家全域旅游示范区"。按照自治区旅游规划,"平罗县要充分利用'沙湖'品牌优势,以'大沙湖休闲度假旅游区'为龙头,辐射带动天河湾、庙庙湖等景区建设,抓好沙湖景区至县城旅游景观通道、贺兰山东麓'西夏走廊'景道及休闲服务设施、平罗沙湖旅游集散中心建设项目落地"。

大武口区作为石嘴山市城市核心区,应举全区之力发挥位于贺兰山下及毗邻沙湖的独特优势,做足"山水文章",积极创建"国家全域旅游示范区"。目前,应将创建北武当生态旅游区由国家3A级升级为国家4A级景区作为文化旅游工作的重中之重。同时,做好龙泉山庄、银杏园、"五七干校"博物馆、奇石山、煤城·记忆等景区基础工作,积极遴选一批国家3A级以上景区,形成以北武当生态旅游区为龙头、多个精品景区为基础的"一大多小"景区格局,为创建"国家全域旅游示范区"打下坚实基础。惠农区应发挥位于西北与华北交界的口岸城市区位优势,积极做好矿山博物馆、红柳园、罗家园子等景区建设,力争在近期实现区域内国家3A级景区"零"的突破,为石嘴山市实现国家全域旅游示范区创造条件。

(2016年)

人生难得书卷气
——读马吉福文集《理性与本能的人生》

季春三月，因公务到固原，有幸与马吉福先生一晤。与马先生晤面，本来是同仁间文牍式的交往，不曾想，在正式的公务晤面之后，马先生给了我一个意外的惊喜，而这个惊喜竟让我回到石嘴山才既惊且喜起来。当时先生在临离开他办公室时从里屋提出一包书送到我的手中，而我当时完全以为是公务方面的礼节性资料回复之类。

我在电话里表达了毫不掩饰的惊喜之情。

捧起马先生的上下两卷文集，我分明感受到沉甸甸的分量。

全书以"理性与本能的人生"为题，由"关于人生""关于做人""关于读书""关于自由""关于心情""关于理性""关于得失""关于信心""关于文化""关于2008""尾声"及"关于随笔人生"（代后记）等12个单元组成，加上与书名同题的"代序"部分，全书凡30万字。作者力求表达出一个公式：人生=本能（欲望）+理性（快乐）。

理性就是快乐？真是一个全新视觉的哲学命题！

由此，我特别关注起"关于理性"这一章节来，并且，目光落在"理性的平台是形象的舞台"一文中。

"理论家是逻辑思维，作家是形象思维。这是传统的观点。因此论文中出现描写，文学作品中出现议论，都成为大忌，成为失败的象征，这是不错的。但这观点也确实误导了多少代人啊！它致使搞理论的人思想贫乏、枯燥，搞文学艺术的人肤浅、平面化。同时也分野出纯粹的理论家、评论家与作家、诗人、艺术家来。

"这是一个极大的误会和误解。有没有理论修养，从而有没有理性思维能力和思维水平以及有无形象思维能力是一回事，用理论或形象的方法表达或表现则是另一回事。因为思考的方式并不等于表达的方式，用逻辑思维用形象表达，用形象思维用理论表达，这都是正常而必要的方式。"

"其实，理论与形象、逻辑思维与形象思维是紧密联系在一起的，没有理性思维，形象是肤浅的甚至是混乱的；没有形象思维，理性则是褊狭的，贫乏的，寡味的。"

所以，理性的平台是形象的平台。

我之所以大段大段地引用马先生的这些文字，是要让我自己在细细咀嚼他的"理性就是快乐"这一命题的同时，一同慢慢接受被他不断"颠覆"的许多被我们常规化了的人生命题。这是多么"痛"而又"快意"的一件事。譬如如上所述的理论家与诗人的壁垒，在作者的视野里应该是一回事，不用较真，我们也会很痛快地同意，但是，在现实中，我们会痛快地承认可以是理论家与诗人的合一吗？而马先生就这么认为，并且在不断地思考着。在他的"技术的平台是艺术的舞台"一文中，作者认真地探讨着"技术和艺术似乎是风马牛不相及"的话题。众所周知，技术古板、周正，艺术浪漫、无形，几近于事物的两个极致。但是，作者从社会发展、从时代进步，一步步探索着技术与艺术的关系，并且得出"技术进步有多快，艺术水平就有多高"的结论。同时，作者还旁征博引，用一代伟人毛泽东对子女的教育阐释"技术与艺术是对立的统一"，用科学泰斗钱学森的呼吁证明:教育一定要把科学技术与文学艺术结合起来,既懂科学技术,又懂文学艺术,方可成为杰出人才。

社会与自然的结合点便是生产力,生产力把社会与自然统一在一起。这又是多么精到的观点。

马先生在"关于随笔人生"(代后记)里有一段说明:随笔的基本方法,一是要有思想,二是要有知识,三是要有生活。随笔还是以思想取胜,思想是随笔的灵魂。在作者文集中,处处都可以看到看似矛盾但充满哲学思辨色彩的文字,真是让人耳目一新,为之一振!

这就是思想的魅力,这就是记载着思想的书卷的魅力!

因此,由马先生的著作联想起另一个话题来,这就是我常常思考的一个话题:人生难得书卷气。

这个话题不简单。因为自从人类创造了文字,书籍就与其相依相伴。随着社会的发展,财富的积累,人们获取知识的渠道越来越便捷,但是,人的财富拥有与有无书卷气并不画等号。尽管人都愿意充满书卷气,更愿意拥有取之不尽的财富,但是二者兼而有之实在是微乎其微。甚至还出现过这样一种现象:财富的拥有者往往少有书卷气,而充满书卷气的人往往穷困潦倒。这实在是一个难解的课题。

这个话题很沉重。中国在世界文明史上是屈指可数的泱泱大国,但是在几千年的中华文明史中,关于书籍惨遭屠戮的记载数不胜数。远的有两千年前秦始皇的"焚书坑儒",中有大清国的"文字狱",近有堪称人类文明浩劫的"文化大革命"。"浩劫"一词,源自佛家语,意谓人世间所有苦难汇聚在一起的总爆发。但是,在人类社会发展长河中,书籍只不过是个载体,其实是人类的思想和文明精华在苦难中、屠戮中一次次被无情地毁灭,又一次次得到涅槃。

这个话题很珍贵。尽管人类在繁衍发展中有着太多沉重的步伐，但如同财富是如此那般的令人"摧眉折腰事权贵"一样，书卷气同样令无数英雄豪杰"竞折腰"。而人之所以不同于其他动物的根本区别，就在于人有崇高的精神追求！而且，对于人们来讲，"书卷气"还不仅仅是只占有丰富的知识就可以达到，它更应当是在知识、生活基础上的一种良好修养的集中体现。

　　从这个意义分析，书卷气既体现了人的本能（欲望），也体现了人的理性（快乐），这也是马吉福先生阐释的关于"人生"的全部要义。

　　由此可见，拥有一份书卷气，对人生而言，该是一件多么快意的赏心乐事。

　　（马吉福，宁夏同心人，著有《从空间追寻时间》《幸福与痛苦的人生》等。《理性与本能的人生》由宁夏人民出版社出版）

（2014年）

纯粹的诗和纯粹的诗人

1988年,我刚刚从自治区调回石嘴山市筹办市委机关报不久,就认识了在市里一家商业部门工作的刘俊江。当然,和他认识以及以后的结缘,都是因诗而已。但让我没有想到的是,因诗与他能有20多年的相识,而且一直是因为诗的缘故——要知道,这前后的20多年,很多曾以诗为荣的人都纷纷改换门庭,不以诗为荣,甚至以谈诗为耻了。

俊江不以为然,我亦不以为然。

接触俊江的诗,给我印象最深的是:他的诗于一种很深的穿透力中,透出纯粹的诗的感觉。

真的,俊江的诗,无论是写西部,写贺兰山,写岩画,写草原,写沙漠,抑或是写这座并没有给他带来富足生活的城市,都显得大气透理,不卑不亢,而且绝没有丝毫的忸怩作态、奴颜媚骨。读一位写诗数十年的诗人的诗,有这样的感觉,真好。

真的,俊江的诗,风格似乎很恒定,就像他的性格一样。20多年的风雨中,他不跟风,不媚俗,没有让人看不懂的东西,没有那些时髦一时的大长句子,也没有奇形怪状的所谓金字塔的诗体。他的诗并不直白,也不是所谓的大实话,但读起来就是一种实实在在的感觉。有这种感觉,真好。

由此,我想到布封的一句名言:风格即人。以我与俊江20多年因诗(仅仅是因为诗的缘故)结成的友谊,我更深刻地认为:俊江是一个纯粹的人。

  他没有因为诗由盛而衰而很识时务地丢弃了诗。数十年来,作为一位在生活底层为生计苦苦挣扎的普通人,爱诗写诗于他来讲近乎奢侈,但他就像从不懈怠贫寒的生活一样,一如既往地钟情着诗歌。实际上,他有很多理由可以懈怠:公司不景气,后来下岗,生活窘迫,四处打工。高贵的诗歌并没有给他带来荣华富贵、锦衣玉食,相反,他还要拿出对他来说巨款一般的近万元钱同一批与他一样的穷哥们,集资出版他们的半生所爱,这种境界用最确切的语言表达,怕只能用"纯粹"最为准确吧!

  一族爱诗爱得穷其一生的人们啊:刘俊江、潘春生、张记……

  但我总是心痛,为缪斯的钟情者,为半生贫寒仍不忘诗的刘俊江们。

  (2009年为刘俊江诗集《西部图案》撰写的序言)

阅读者永远在路上

——兼谈赴全国政协干部培训班感受

2015年秋，受组织委派赴北戴河参加全国政协干部培训中心学习。期间，聆听特聘教授的谆谆教诲，阅读了大量文献资料，写下了数万字的读书笔记。行至远方，读到深处，感悟良深，直如醍醐灌顶，受益匪浅。结合目前开展的"三严三实"专题教育，深深感到作为一名政协干部，一定要有"学在先、干在先、言在先"姿态，如此，方能提升"修身""律己"境界，珍惜手中职权，心思用在干事创业方面，达到"做人""做事"目标。这也是在北戴河培训班开班仪式上，全国政协副主席王家瑞对政协机关和政协干部提出的要求。

一、谈谈"学在先"

学习的要义自不待言。读书、学习是提升自身修养，提高工作水平的基本手段。特别是身处政协机关，有着良好的学习环境和条件。我的理解是：读书、学习关键要体现在知行合一、学以致用。比如，2014年在实施领导交办的建设"文化机关、书香政协"品牌工作中，我们下了很大功夫，用了较长时间，打造出具有政协特色的机关文化品牌。这项工作受到区内外各方好评，我们也深以为自豪。但是，在全国政协培训班比较系统地查阅政协历史知识读本后，才了解到我们的机关文化建设在基本知识方面还有诸多不足。在授课中，全国政协理论研究会秘书长原东平明确提出:政协工作者要认识到人民政协是在"依法依章"开展工作。他对此做了深刻的阐述:人民政协于1954年制定章程,1982年政协工作入宪,上升为国家意志(1982年《宪法》序言中对人民政协做了明确阐述:"中国人民政治协商会议是有广泛代表性的统一战线组织,过去发挥了重要的历史作用,今后在国家政治生活、社会生活和对外友好活动中,在进行社会主义现代化建设、维护国家的统一和团结的斗争中,将进一步发挥它的重要作用")。至此,人民政协明确了依法(《宪法》)依章(《政协章程》)开展工作。这就完全解释了我们当初在机关文化建设布置中的困惑。目前,我们政协机关文化建设中心区位置布置只体现了政协章程。这就是我们学习上的不足、认识上的差距。对此,我深深感受到:学无止境!作为政协机关干部,我们一定要学在先,如此才能真正做好一流的工作。

二、谈谈"干在先"

革命导师马克思有句名言:"一步实际行动比一打纲领更重要。"邓小平同志说过:"世界上的事情都是干出来的,不干,半点马克思主义都没有。"党员干部的党性修养、理想信念,最终都要落实在一个"干"字上。作为国家公职人员,"严以修身"的最高境界,应该是献身于事业之中,忘我工作、率先垂范、建功立业。作为政协干部,这个"干"字,我以为应体现在两个方面。一是要体现在尽职尽责做好领导交办的每一项工作上。初到政协,一位领导就说过:政协机关是高度的"官兵一致","官"就是"兵"、"兵"就是"官"。我的理解是"工作止于此"。无论你过去是什么官职,到了政协机关,工作交给你,你就是具体的执行者。只有踏实干了,才不会误事;二是要努力培育和发挥自己的专长,有所作为。因为政协环境相对宽松,工作压力相对较小,工作性质相对专一,这就需要我们政协工作者要自加压力,发挥所长,围绕中心工作,在熟悉的领域里、在关注的话题中做好文章,建言献策。

三、谈谈"言在先"

人民政协的独特优势就在于话语权、影响力的不可替代上。随着人类的进步、社会的发展,民主政治建设愈来愈显得重要。而人民政协又是人民民主的重要形式。其中,"言在先"又是人民政协发挥作用的首要方式。其形式又通过"提案、会议、座谈、论证、听证、公示、评估、咨询、网络"等协商形式体现出来。我个人理解,政协委员和政协工作者在"言"的方面,还可以采用调研报告、理论文章、社情民意信息、提案建议甚至文学艺术等形式来进行表达,同时,这也是提高自己的政治思考力和艺术表达力的体现。在这一方面,先贤给我们提供了诸多典范。如孔子的《论语》、荀子的《劝学》、诸葛亮的《出师表》、魏征的《谏太宗十思疏》、范仲淹的《岳阳楼记》、岳飞的《满江红》等等,这些堪称经典的文章不仅影响着当时的社会走向,也为后人留下了弥足珍贵的思想财富。一代伟人毛泽东在其一生中,又给我们留下了多少脍炙人口的文章!由此,毛泽东不仅是我们的开国领袖,是伟大的政治家,同时也是世界公认的伟大的浪漫主义诗人、哲学家、书法家,是我们永远学习的榜样。

从古至今,道德与文章本是一回事。作为政协委员和政协工作者,在建言立说中,还要把握住其所言"不求说了算,但求说得对",这也需要有一种高尚的境界。

四、谈谈赴北戴河全国政协干部培训班学习体会

读万卷书,行万里路,交天下朋友,这是中国传统文人的理想生活。这次有幸远赴千里外的北戴河,在全国政协干部培训中心这个难得的平台,自感读到了应读的书,也遇到了许多心仪已久的师者和朋友。尽管

短短的十余天时间如白驹过隙,但其间所见所闻、所感所悟,不啻为一场精神的饕餮盛宴,也真切地体验到一位阅读者行在路上的快乐,及至回归故里,仍思绪难平,唯有歌以咏志,表达心声——

感同身受北戴河,
谢意深深山海情;
全聚一厅皆鸿儒,
国是堂里无白丁;
政情萦系领袖语,
协商民主百姓声;
干城之将齐思进,
部属激励唱大风;
培栽每每园丁苦,
训导殷殷学子敬;
中兴伟业赖余辈,
心海永泊中国梦!

(2015年)

祛除"本领恐慌"的一剂良药
——参加复旦大学"金融创新专题培训班"思考

习近平同志在2013年针对我国已取得改革开放三十多年的辉煌成就后,如何在新的十年,面对新的工业革命,迅速转变发展方式,实现中华民族伟大复兴的中国梦,重提毛泽东同志1939年在延安的讲话"我们队伍里边有一种恐慌,不是经济恐慌,也不是政治恐慌,而是本领恐慌",以此谆谆告诫全党要抓紧学习、增强本领,成功应对挑战,实现民族复兴。事实证明,有针对性地对在职干部进行系统学习培训,是祛除"本领恐慌"最有效的一剂良药。特别是对各级党政领导干部而言,只有通过系统学习,消除"知识恐慌",根除"观念恐慌",才能从根本上祛除"本领恐慌"。这是近期参加复旦大学"石嘴山市金融创新专题培训班"的学习思考。

一、几点深切的感受

2016年5月初,根据石嘴山市委组织部统一安排,来自市直部门、区县、国有企业及部分金融行业的49名领导干部和从业人员,赴上海复旦大学参加为期一周的"石嘴山市金融创新专题培训班"。这次学习培训虽然时间较为短暂,但组织严密,安排紧凑,加之置身于中国对外开放最前沿,聆听中国最高学府专家、学者的专题讲座,近距离感受与世界一流成果相媲美的改革开放成就,收获颇丰。特别令人难以释怀的是,与以

往学习培训不同,在这次高度密集的"填鸭式"学习中,"恐慌"一阵阵袭来。这种"恐慌"是在一个个具体的"知识恐慌""观念恐慌"真切感受中,令一众来自西部边陲的党政干部和金融界领导深深体味到"学犹不及"的"本领恐慌",危机感、紧迫感纷至沓来。

1. 感受复旦优良校风。复旦大学创建于1905年,是中国人自主创办的第一所高等院校,迄今已愈百年历史。"复旦"二字由该校创始人、中国近代著名教育家马相伯先生选定,出自《尚书大传·虞夏传》中"日月光华,旦复旦兮"句,意为自强不息,寄托了当时中国知识分子自主办学、教育强国的愿望;复旦的校训为"博学而笃志,切问而近思",出自《论语·子张第十九》篇,意为"广泛地学习,坚守着志向,恳切地发问,联系当前问题进行思考,仁德就在里面了";复旦的学风为"刻苦、严谨、求实、创新",如同四盏璀璨的明灯,照耀着复旦学子在学习、治学路上奋力前行。

与其他院校不同的是,在复旦培训期间,我们并没有被安排在专门的培训机构,而是与复旦学子同在一起学习、培训,连就餐也安排在复旦师生就餐的"旦苑餐厅",使我们能零距离感受名校的氛围。复旦开放式校区及风格各异的校园建筑给我们留下了深刻的印象。

2. 感受严谨的师资团队。复旦大学拥有一支高水平的师资队伍。在校生50200人,其中博士、硕士研究生11976人,外国留学生2812人。有专任教师与科研人员2481人,其中教授、副教授1400人,两院院士35人,博导831人,特聘教授40人,讲座教授14人。"国家重点基础研究发展计划(973)"项目首席科学家9人,"国家级有突出贡献中青年专家"33人。学校还拥有10座附属医院,有1600多人具有正、副高级职称。

复旦大学把培养具有全面素质的高质量人才作为教学的根本目标。学校注重从实际出发,大胆吸收国内外高校成功经验,注重加强学科间的渗透、交叉、组合，发挥综合性大学多学科特色优势。经过长期实践和探索，已经建立起一套比较完整的、有自身特点的教学和管理体系。

2002年，为响应党中央号召，复旦大学把培训各级党政干部工作纳入教学计划，成为中组部确定的13个培训基地之一。14年来，已先后有22万名党政干部参加培训。

3. 感受较高质量的授课内容。尽管只有一周的学习时间，但复旦大学培训中心仍然为培训班安排了详尽周密的课程表，并配备了专职班主任。具体安排共有10个课程40个课时，计有7个课堂教学讲座，3次现场教学，赴现场教学时段中午取消休息。其中担任课堂教学的7位授课者为复旦大学教授、博导或者是特聘教授，所授内容均为当下经济社会发展最前沿的成果，具体内容不仅有金融创新方面，而且还涉及"科教创新""经济新常态下的供给侧改革""互联网+推动产业转型升级""一带一路：中国新一轮开放和走出去的战略新格局"等等。在现场教学中，置身于有中国"华尔街"之誉的陆家嘴金融自贸区，赴世界第一大港——洋山深水港，感受建在外海的32.5公里长的东海大桥，上海人敢为天下先的改革开放实践，也成为这次培训的生动教材内容。

二、几点深刻的启示

在复旦大学的几天里，通过所学、所观、所思，培训班人员普遍有深切感受，那就是上海人那种充分发挥自身优势的发展意识，抢抓国家战略发展的机遇意识和敢为人先的进取意识，这些意识为处在沿海发达地区的上海注入巨大的发展动力。相比上海，处于西部内陆的石嘴山市无论在发展理念上，还是在发展方式上，都存在着巨大的差距。然而，西部地区广大干部群众强烈期盼转型发展的愿望与东部发达地区是一致的。因此，作为西部欠发达地区，我们更应冲破一切思想牢笼，打破一切

不切实际的条条框框,借鉴先进地区的科学理念,拓宽自身优势,增强真本领,发展石嘴山。

具体来讲,结合石嘴山市实际,感觉上海发展理念在以下几个方面对我们应有所启示。

1. 学习上海借助国家战略,提升地区经济格局。在现场教学中,其中参观学习的一个场所就是位于浦东新区以"在国家战略旗帜下"命名的上海浦东开发开放主题展。正因为是在紧紧依托国家发展战略,上海才能从沿海众多的竞争者中脱颖而出,实现自身价值的最大化。其中最为经典的当数在外海建设东海大桥,不仅开辟出目前位居世界第一的洋山深水港,而且成为国家实施海洋强国战略的生动实践,上海也成为中国改革开放当之无愧的领头羊。反观石嘴山市,在响应国家战略乃至自治区发展战略方面,我们有很多方面需要向上海学习。近十年来,宁夏从自身实际出发,积极进取,敢作敢为,先后取得了宁夏内陆开放型经济试验区、银川综合保税区、宁夏沿黄城市群、黄河金岸、贺兰山东麓葡萄文化产业带建设等国家及自治区发展战略。毋庸讳言,作为宁夏沿黄城市群之重要组成部分和贺兰山东麓葡萄文化产业带重要区域,石嘴山市在积极融合国家及自治区发展战略中的意识还有着明显的差距,这也是目前我们在经济转型方面举步维艰的一个重要原因。在这一方面,我们也曾有过成功经验,如在本世纪初,我们紧紧抓住国家西部大开发战略,结合石嘴山市实际,积极争取"国家资源枯竭型城市转型发展试点"落户石嘴山。经过上下共同努力,终于成功进入国家首批12个试点城市,使石嘴山市在享受国家优惠政策及资金扶持方面获取了巨大的收益,为加快经济转型步伐创造了良好的条件。此外,石嘴山市在积极争取自治区关于太西煤价格调节基金方面也收获颇丰。这些方面都实实在在地推动了石嘴山市经济社会的转型发展。我们应切实采取措施,积极对接国家、自治区发展战略,使石嘴山在发展步伐上与国家、自治区同步甚至超前。

2. 学习上海"科教创新"理念,提升石嘴山市产业水平。在开班第一堂教学课上,复旦大学管理学院干部培训教育中心副主任张全弟教授介绍了上海认真贯彻国家政策,依托名校人才资源优势,积极主动对接各个高校,拓展生命科学、互联网等新兴产业领域,极大地提升了上海在国际国内的产业竞争力。作为工业转型压力巨大的石嘴山市,同样应当依托本地优势,在"科教创新"上趟出一条新路。目前,石嘴山市域内布局有宁夏理工学院、宁夏工业学校(西北技师学院)、宁夏护士学校、宁夏旅游学校以及宁夏高级经理管理学院(石嘴山企业家学院)、平罗职业教育中心等近10所大中专院校和培训机构,在校学生数万人,石嘴山市职业培训领域在宁夏乃至西部地区有着比较明显的领先优势。一个人口不到80万的地级市,布局有如此密集的大中专院校,在西部地区也不多见。石嘴山市应在政府与大中专院校合作开展培育产业方面有所作为,包括面向宁夏乃至西部地区开展职业培训论坛、建立职业培训基地,提升区域竞争力。同时,根据石嘴山市实际,探索院校体系建设与地方融合发展路子,为转型发展、培育新型产业开拓新路。

3. 学习上海充分彰显自身优势的发展意识,提升石嘴山市自身优势。每一个地区都有着其他地区无法替代的优势,石嘴山市也不例外。过去的数十年,我们的优势集中在以煤炭资源为主体的资源优势方面。经过50多年的发展,以煤立市的石嘴山市原有的优势面临着淘汰转型,但新的优势也在培育发展。在上海的高等学府讲堂上,专家教授们对石嘴山市所了解的稀少资信中,石嘴山市除了是煤炭城市外,也有了"国家

5A级旅游景区沙湖在石嘴山"的概念。但专家教授们对石嘴山市位于举世闻名的贺兰山下、位于贺兰山东麓葡萄文化产业带之中、石嘴山地区的枸杞种植在宁夏也占有一定份额、宁夏唯一的陆路口岸就布局在石嘴山市等等一无所知。而彰显优势，形成新的产业，这正是因煤立市的石嘴山市转型发展的关键所在。当前，如何借助陆港经济区在发展物流的同时，树立石嘴山市开放品牌，如何借助国家5A级景区沙湖，切实探索沙湖与石嘴山市的融合发展，如何借助位于贺兰山东麓独特区位优势，全力发展葡萄文化产业，我们与贺兰山唇齿相依的城市核心区如何借助贺兰山名动天下的效应，积极在三次产业的优化配置中做好文章。甚至，我们已形成的"大武口凉皮""平罗黄渠桥羊羔肉"等品牌食品，如何进一步搭上电商平台，以集约化形式走向域外乃至国门之外？在彰显自身优势、形成优势产业方面，我们还有漫长的路要走。

  4. 学习上海树立中国改革开放领头羊的品牌宣传意识，切实加大对外宣传石嘴山市的力度。宣传既是一种手段，也是一种文化，更是一种生产力。台湾学者张毅有句名言：有文化才有尊严。一个人、一个地区乃至一个国家莫不如此。打开石嘴山市网页，其中的信息含量有多少？文化含量又有多少？别的不说，仅就对石嘴山市的市情介绍而言，可谓五花八门，有些介绍竟然是几年前甚至十几年前的说辞，即便是比较准确的市情介绍，也存留着太多的计划经济的痕迹，难以满足社会需求和大众需求。在互联网飞速发展的今天，如果我们仍然抱残守缺，不与外界对接，只能被动挨打，贻误发展商机，这绝不是危言耸听。

  100年前，中国民主革命的先行者孙中山先生在《建国方略》中谋划的东方大港的梦想之地即为上海；20多年前，中国改革开放的总设计师邓小平说过："深圳，是面对香港的；珠海，是面对澳门的；浦东就不一样了,浦东面对的是太平洋,是欧美,是全世界。"上海人深谙伟人思想,他们以敢为天下先的勇气,以时不我待的紧迫感,实现了和正在实现着伟人们的百年梦想。来到中国改革开放的前沿,我们无不深切地感受到那种只争朝夕的时代精神,更深切地感受到发展石嘴山的沉甸甸的历史责任。互联网时代,大数据、云计算使得后发优势真正成为现实,远有近年来经济社会发展逆势上扬的西部欠发达省区贵州,近有建立云计算基地的宁夏中卫,其后发优势正在日益显现,令人不容小觑,形势逼人。

  赴发达地区学习培训,最后的落脚点即是"学以致用"。目前,全市上下正在努力建设"四个石嘴山",为在宁夏率先全面建成小康社会而奋斗。我们只有把高度的责任感、清醒的危机感转化为一刻也不能停的紧迫感,只有把外部的巨大压力,转化为每一个党员领导干部这个"关键少数"的高度自觉,转变为工作中的强大动力和执行能力,唯此,才能将组团学习培训转变成克服"本领恐慌"于万一的有效"良药"。

(2016年)

开发"软资源" 发展石嘴山
——对开展市情教育的几点思考

一、充分认识做好市情教育的重要性

一个地区的人文历史,不仅是该地区弥足珍贵的精神财富,同时也是对外交流和招商引资工作中不可或缺的软资源。"灭人之国,必先去其史!"古人的箴言足以说明开展市情教育对于推动地方经济社会发展起到的作用多么重要。

当前,石嘴山市上下正在一心一意谋发展、聚精会神搞建设,一个山水园林城市的宏伟蓝图正在贺兰山下、黄河之滨初显风韵。但是,在石嘴山市的发展特别是在对外开放交流和招商引资过程中,存在着相当一部分人对市情不甚了解、了解不深或不全面的现象,这种情况直接影响着服务质量,也严重影响着石嘴山市在外界的知名度和美誉度。因此,在全市广泛开展市情教育活动,使广大人民群众特别是公务员队伍全面了解石嘴山的历史、现实,以及所取得的巨大成就,鼓励人们积极主动地宣传石嘴山、介绍石嘴山,从而进一步提升石嘴山市形象,改善招商引资软环境,为促进经济和社会发展营造良好的舆论氛围,具有重要意义。

二、明确市情教育的内容和宣传要求

1.明确市情教育的基本内容。石嘴山市东临黄河,西依贺兰山,北与内蒙古乌海相邻,南接自治区首府银川,位于山水之间,历史悠久,开发古远。早在先秦时期,境内就置有军事重镇浑怀障,是历代兵家必争之地。汉设廉县,为边地要塞,因地处宁夏平原北端,与贺兰山交界之处"山石突出如嘴"而得名。黄河自南而北,自流灌溉,为"塞上江南"重要组成部分。境内文物古迹星罗棋布:水洞沟遗存、古长城遗迹承载着这片土地厚重的历史;贺兰山岩画印证着古代游牧民族的灿烂文明;平罗玉皇阁、大武口北武当寿佛寺等古迹如颗颗明珠分布于山水之间。一方水土孕育着一方风情,也承载着一种精神。开展石嘴山市情教育,既涵盖本地区自然资源、历史沿革、经济和社会发展基本情况,也包括本地区的文化底蕴、旅游景点、风土人情、名优特产,同时,也应涵盖着社会发展的各个历程中所涌现出的突出人物,以及这片热土上升腾出的生生不息的精神。

  2.明确市情教育的活动要求。第一,在各级领导干部和职工群众中开展。要使各级领导干部对石嘴山市情耳熟能详,将其熟练运用于实际工作之中,这是宣传石嘴山、推介石嘴山、发展石嘴山的关键;第二,重点在全市中小学开展市情教育活动。据了解,市属部分学校已在学生思想政治教育课教学和考试中增加了有关石嘴山历史和社会发展的相关内容,包括当前市委、政府决策的一些重大项目,也成为学生应知应会的课题。这对于培养学生热爱家乡、关心家乡发展有很大的促进作用,值得推广。第三,在对外宣传中加大对市情介绍的力度。要通过丰富多样的手法向外界推介一个富有人文历史和深厚文化底蕴的石嘴山,唯此,才会招徕天下客,共建石嘴山美好明天。第四,在开展市情教育中,要在突出宣传本地区经济发展和文化旅游方面狠下功夫。

三、采取多种措施开展市情教育

1. 充分发挥媒体的主导作用。报刊、电台、电视台应有以石嘴山市情为主题的专栏、专题，各类刊物要开展专栏，专业刊物还应根据性质特点定期发表相关的研讨文章。有关部门要定期检查、督促、指导，协调各类媒体形成合力，营造良好的市情教育宣传氛围。

2. 发挥各级组织作用，开展市情教育。一是各级党委中心组要把对市情教育作为一项重要内容，深刻认识开展市情教育的重要意义，同时组织好本部门、本单位的学习。二是开展各种形式的演讲比赛、知识竞赛、歌咏比赛等活动，力求面向市民群众，做到形式多样，达到普及深入。三是组织开展市情教育征文活动，内容不仅反映了解石嘴山历史，抒发热爱石嘴山之情，而且还可以拓展到"我为石嘴山发展献计献策""畅想山水园林城市美好未来"等等，激发市民群众乃至市外人士都来关心、支持石嘴山发展。

3. 组织专人，策划拍摄反映石嘴山人文地理的光盘、专题片，出版相关书刊。在这一方面，兄弟地区一些好的经验值得我们借鉴。内蒙古自治区呼和浩特市在开展群众性征歌的基础上，从中遴选出一批优秀歌词，邀请国内名家谱曲，并邀请腾格尔、满文军等名歌手激情演唱，录制了《青城之歌》光盘，为宣传呼和浩特改革开放形象起到了巨大的作用。近年来，石嘴山市也做了大量工作，如编印出版了《市情教育手册》，录制了《山水园林城市——石嘴山》光盘，出版了《古今石嘴山》丛书，《石嘴山简史》也在编印之中。2003年，在全市开展了声势浩大的以演唱石嘴山歌曲为主要内容的群众性歌咏活动，收到了良好效果。当然，我们在如何将石嘴山品牌向外推介上，还有一定的差距，策划水平、宣传力度、编排质量都有待进一步提高，特别是在与中央、省区媒介上的协作方面还需要进一步努力。

四、与经济发展和文化旅游相结合开展市情教育

第一，调动一切力量，推动经济发展。这是目前一切工作中最大的政治。发展是硬道理，做好市情教育宣传，其目的就是通过全方位介绍石嘴山的人文地理、历史渊源、自然风光，为石嘴山市经济发展特别是招商引资提供良好的软环境。同时，在市情教育中，要特别注重建市数十年来已在全市形成的在国内外享有盛誉的名优产品，以及在一些尖端领域内占有一席之地的人才、资源、项目等等，这是石嘴山市立市之本。

第二，文化旅游是推动地方经济发展的重要组成部分。文化旅游既是市情介绍的重要内容，也是地方经济发展的重要方面，尤其是近年来，旅游经济已成为全球性经济增长新亮点，国内外以旅游为经济支柱实现跨越式发展的城市不胜枚举。石嘴山市地处宁夏平原北端，宁夏最负盛名的旅游景点、全国35个王牌景点之一的沙湖就在石嘴山市境内。为了打好旅游这张"王牌"，石嘴山市不遗余力，做了大量工作，除积极开展森林公园和北武当生态公园二期旅游开发外，从2003年开始，举全市之力，开展了声势浩大的大武口东部湿地整治工程，短短70多天，一片面积达14平方公里的湖泊湿地展现在世人面前，它不仅改变了区域中心城市大武口的整体面貌，塑造了"半城山水半城绿"的城市品牌，为石嘴山市打造旅游优质品牌探出了新路，而且还创造了可贵的石嘴山发展速度，丰富了石嘴山精神。从这片烟波浩渺的湖泊湿地一年内名称的几次更迭，足以显示出我们城市决策者的良苦用心。如今，"北沙湖"这一品牌已逐渐深入人心。随着北沙湖二、三期工程的陆续开工建设，一个更加美丽的北沙湖将与南沙湖遥相呼应，相信在不久的将来，南、北沙湖互动的美好格局将使石嘴山城市品位得到极大的提升。由煤城而绿城而山水园

林城市,由东湖而星海湖而北沙湖的发展进程,这都是石嘴山市前进中的基本市情。需要我们铭记在心。因此,在市情教育中,我们一定要立足当下,贯通古今,把一个立体的全方位的、有着美好现实和更加美好的愿景的石嘴山展现在世人面前,这应是我们开展市情教育的初衷。

(2004年)

美的事物是永恒的喜悦

——点赞我们身边的细小之美

"美的事物是永恒的喜悦",这是英国诗人济慈的一句名言。我们身边,美好的事物、美好的人无处不在。尤其是在石嘴山市上下齐心协力创建全国文明城市之时,社会呼唤美,人们追求美。追求美的过程,同时也是一个见贤思齐的过程,一个净化心灵的过程,一个思想升华的过程。在这个过程中,我们的城市会因人之美而更显妩媚,我们的市民也会因城市的美好而悦享其美。在对身边的美含英咀华之中,我们无不时时充溢着喜悦之情。

行业之美:办事大厅新风

新年过后不久,因购房需办理贷款,与家人一起到新建成的市政务中心办事大厅公积金窗口办理一应业务。

记得去时已是下午五点刚过。看到家人拿出一沓需要办理贷款的证明材料,在一旁的我心里直敲鼓:办理一宗几十万元的贷款,按过去的经验事先应先找找熟人,帮忙问问,看有什么需要可关照的,现在这么稀里糊涂地递上去一堆材料,万一哪块有点出入,还能办成?正在胡思乱想着,只见接待我们办理贷款的工作人员,一位年龄不是很大却蛮老成

的同志说道:"公积金贷款只需要您二位的身份证和购房合同就行。"

啊!我和家人都吃了一惊:这么简单?

那位办事员熟练地从我们带来的一大堆材料里挑出身份证和购房合同,然后就埋头填写各种表格,期间他还拿着填写好的表格到旁边的复印机上复印了几次,我们只是按照他所说的在几个表格上分别填上自己的姓名及联系电话等,其余的时间就是坐在那儿看着他忙乎——而在我的记忆里,这其中的许多项过去都是需要我们跑来跑去办理的!

尽管事情如此简单,但也前后忙了20多分钟。按照规定,政务中心是下午5点30分下班。听着下班音乐响起,周围的工作人员纷纷收拾东西准备下班,我们面前的这位办事员似乎丝毫没有受到影响,只是动作更加快捷了一些。又过了七八分钟吧,一应手续全办完了。他交代我们:按照正常工作程序,在15个工作日内,会通知你们过来签字,届时就全部办结了。

走出办事大厅,心情真的是和那里窗明几净的环境一样,亮亮堂堂。

单位之美:政协机关浓浓的文化气息

石嘴山市政协结合自身特点,打造"文化机关、书香政协"品牌。经过近两年的努力,初步建成由"三个长廊、三个活动室"组成的具有政协特色的文化建设基地。

走进政协机关,展现在人们眼前的,是一楼长廊展示着政协及各民主党派发展历程的图片,主要包括政协及各民主党派概况以及中国梦的内涵、依法治国的总目标、社会主义核心价值观和石嘴山精神等内容,体现了"庄重严肃、概念文化"特点。二楼长廊展示着政协机关文化建设风貌的图片。主要包括政协机关建设和政协人的本色追求，有"领袖论人民政协"，石嘴山市书法家手书、政协人撰写的《回族赋》、"政协人语"等等，体现了"内涵丰富、端庄大方"特点。三楼长廊为展示政协机关干部和政协委员及民主党派成员丰富的文化追求，由"政协委员书画展·摄影作品展"等组成。同时还开辟了"兄弟省区政协书法展区"，体现了"生动活泼、文采斐然"风格。三个活动室分别为政协机关图书室、机关党员活动室以及职工健身活动室。

文化建设工作的开展，为政协机关增添了丰富的内涵，机关面貌焕然一新。这项工作也走在宁夏政协系统前列，自治区政协研究室为此专门来石嘴山市政协调研政协机关文化建设。基地建成以来，先后接待了全国总工会、自治区政协领导，辽宁阜新，安徽滁州、淮北，内蒙古乌海，区内固原、中卫、银川等地政协领导以及市直机关部门干部参观学习。2015年7月1日，自治区党委书记李建华亲临石嘴山市政协，参观了政协机关文化建设，并给予高度评价。政协图书室被自治区总工会命名为"职工书屋"，在市直机关创建学习型机关会议上作经验介绍，全市"两会"期间，向政协委员开放，各方赞美有加。

环境之美，如化雨春风，滋润着人们的心田。

人格之美：政协委员陈莉风采

在石嘴山市乃至宁夏公安系统，提起女民警陈莉，用如雷贯耳来形容也不为过。作为一位战斗在基层的法医，陈莉克服了常人难以理解的困难，作出了不平凡的业绩。她也得到党和人民的褒奖，成为党的十八大代表、全国"最美警察"、自治区人大代表和石嘴山市政协委员。

　　很荣幸,作为政协委员,每次全市"两会",我与陈莉同志同在中共界别小组,这也给我近距离了解这位从基层成长起来的"明星委员"提供了方便。但在我眼里,这位明星委员一点也没有"明星"的痕迹,每次委员讨论,大家济济一堂,共商国是,焦点都集中在所谈论的热门话题上,谁也没有刻意留意身边还有一位明星委员——何况,警察陈莉同样是一位爱美的女性,在大多数时间里,她和别的女委员一样,用红妆把自己打扮得漂漂亮亮。

　　尽管如此,在政协平台上,警察陈莉依然闪烁着她那美丽的光华!在我的印象里,每次小组讨论她总是按时到会,从无迟到早退现象。每次发言,她都是认认真真,并且结合自己的工作,对社会上存在的一些现象,很得体地发表着自己的意见建议。作为政协委员,说句实在话,在这些方面能够一如既往坚持下来者,不多。但陈莉委员一直那样做着,就像她忠诚自己的本职工作一样!

　　记得唯一与陈莉委员直接交流的一次,是我创作的区情读本《山水城市大武口》三字歌被各类媒体刊载之后。2016年"两会"期间,刚好《贺兰山》文学杂志也刊发了这篇读本,因为在这篇介绍地方风情读本的人文章节中,就有陈莉同志的事迹内容,因此我在小组会议前,恭恭敬敬地将刊物赠送给了陈莉同志,同时,也表达了自己对一位身边英模的崇高敬意。

凡人之美:两位老师的明长城情结

　　2016年前后,与大武口区政府开展文化旅游研讨。在集中众智建议打造北武当生态旅游区中,基于对文化历史的偏爱,我把更多的注意力集中在位于景区绵延数十里的明长城遗址上,并据此提出应向国家文物局申请立项,开展明长城遗址修复工程,提升文化品位,为景区升级创造条件。这项建议得到地方政府的热烈响应,并很快与上级文物部门联动起来,假以时日,我们的城市会因其突显万里长城百关之一特性而名动天下。就在我苦心孤诣地遍寻有关史料时,一则发生在十多年前的为家乡长城寻证的报道映入我的眼帘——

报道的主人公是石嘴山市第七中学的历史老师张元光和同校热爱摄影的曹贵宁老师。当时,教历史课已30多年的张老师在授课中发现学生课本上提到明长城时,国家出版的地图上并没有标注石嘴山市境内的长城。在课本地图上,明长城在银川西南部只绘制到银川地区的头关,东南部只绘制到灵武的横城,这显然与历史不符。

"这几段长城竟然被遗忘了,在地图上,万里长城宁夏段石嘴山市境内竟是片空白!"张老师说。

然而,站在归德沟景区,完整的长城遗址就在眼前。不仅如此,在武当庙北侧,一段段长城遗址及高耸山尖的烽火台,也在向世人昭示着长城的存在。强烈的责任感驱使着张元光老师与热爱摄影的曹贵宁老师决定利用业余时间,探寻位于石嘴山市境内的明长城。通过大量考察和翻阅历史资料,他们进一步确定了石嘴山市境内现存长城遗迹均为明代所建,为祖国万里长城的一部分。2005年底,他们将有关石嘴山市境内的长城即明长城的论文,发表在由国家测绘局、中国地图出版社主办的《地图》杂志上。这篇文章引起中国长城学会的高度关注,有关方面立即派出专家学者赴石嘴山市进一步考察取证。终于,在今天中国地图关于长城分布上,人们可以明晰看到,素有"中国长城博物馆"美称的宁夏长城分布图中,石嘴山市境内蜿蜒曲折分布的明长城,以"几"字密密麻麻

纵贯南北。

那么,两位老师寻找这段长城历史的价值何在?

确定石嘴山市域明长城,能够充分体现这一地区独有的历史文化传承。如果祛除了长城、战争所赋予的历史含义,石嘴山地区"大武口"这一名称就无法为世人所理解和接受,其历史、文化等也就无法得以传承。大武口地名源于长城关口,尊敬地名就是尊敬历史。地名不仅是一个地方名称所代表的空间范围和时间范围,而且还有其历史、文化、社会、民族等各个方面的意义。从发展的意义讲,它确定了城市的定位、定性和定向问题。石嘴山明长城的修复和开发利用,既是对历史的尊重,也是对这一地区文化的有机传承,同时也彰显着本地区的文化核心竞争力。

因为责任,两位平凡的石嘴山人尽显大美家国情怀!

(2016年)

与为师者说

2016年第一个工作日,接到宁夏工业学校党委领导交给的讲座任务。今天第一次走进享誉宁夏山川的美丽校园——宁夏工业学校。现在置身于这座拥有14000多名学生的校园,印象颇深。能与工业学校各学科教师员工进行学习交流,深感荣幸。

一、谈谈几个观点

1.人生最敬仰的两个地方

一是家园:家园给了我们每个人在这个世界安身立命的本钱——身体。

二是校园:校园给了我们所有的人在这个世界特立独行的本领——知识。

2.在座老师的两种身份

教师:传道、授业、解惑(韩愈《师说》)。

师傅:传授知识技艺的人。引申意:对有专门技艺的工匠的尊称。老师的通称。

3.人应该"有两下子"

用农村人最形象的说法,就是要"吃着碗里,看着锅里,想着地里"。

"吃着碗里":学会做工;

"看着锅里":学会观察;

"想着地里":学会思考。

我理解,"吃着碗里"仅仅是一个人基本的生存需求,而"看着锅里"和"想着地里"则是安身立命的本钱。只有具备了后两者,吃饭才香甜,睡觉才踏实。

在这个概念上,南方人与北方人的理解有所区别:北方人认为这种思想和"讨吃的"没啥区别,而南方人则把这种生活态度称之为再平常不过的"讨生活"。

二、人如若想有所作为,就应该"有两下子"

1."看着锅里":要学会观察。

浏览宁夏工业学校网站,一些新闻抓得比较到位,富有新闻特性,如争创法制校园,慰问道德模范,开展创城工作,组织师生开展献血活动,建立校园微型消防站,等等。

作为教师,应该通过运用深厚的古典文学功底来增强观察和表达能力。

其一,热爱诗歌。古人认为:"诗"是寺庙里的语言,诗是小众语言,这就确定了诗的品位,即高贵性。当然,这并不是说诗歌与群众相脱离,如在战争时期,诗虽然高贵,但仍有其特殊作用,如著名诗人田间的街头诗《假如我们不去战斗》:"假如我们不去战斗/敌人杀死我们/然后指着我们的尸体说/瞧/这就是奴隶。"几句街头诗,明白如话,但在抗战时期却激励了千百万人为之奋斗。

"熟读唐诗三百首,不会作诗也会吟"(清·孙洙《唐诗三百首序》),"最是书香能致远,腹有诗书气自华"(苏轼)。诗歌具有浪漫、唯美、人文情怀。如李白《望庐山瀑布》、柳宗元《江雪》、杜牧《山行》。诗的最高境界:诗如画;画的最高境界:画如诗。

其二,熟悉散文。这是中国从古至今最古老、通用的文体。

其三,学写调研报告、理论文章。

2."想着地里":学会思考。

了解地方发展,特别是自己的家乡。同时,要善于对社会发展中的热点问题进行思考。

我们思考的思想基础仍然还扎根于传承千年的儒家思想上(忠、孝、义)。

收藏家马未都认为中日韩三国信奉的儒家思想有偏差:

忠:日本人信奉忠。

孝:韩国人信奉孝;家里孝父母,单位敬领导。

义:中国人信奉义。曾经既忠又义,发展到无忠无义;曾经"义薄云天",发展到薄情寡义。

三、几点建议

1. 建设文化阵地:校刊

2. 凝聚万千学子:校歌

3. 体现人文关怀:留心

4. 褒扬社科成果:留名

小　结

1. 两句话:人要常和自己过不去(每个人都可以做到)

　　　　 生活就会让你过得去(你就牢牢掌控人生)

2. 三句话:你是谁?

　　　　 这是什么地方?

　　　　 你在这里干什么?

(2016年在宁夏工业学校的讲座提纲)

"文字下乡"采撷的中国故事

——简析《最爱七月枸杞红》

"文字下乡"一词肇始于著名社会活动家费孝通老先生的传世名作《乡土中国》一书。阅读《石嘴山日报》2015年7月8日头版头条刊发的报告文学《最爱七月枸杞红》一文,令人久久沉思,而其渊源溯至费老提倡的"文字下乡"再恰当不过。

2015年的6月末,党报记者得到一条新闻线索:一对年轻的回汉夫妻在城市郊外历时8载辛勤培育枸杞并迎来丰年。贺兰山东麓、北纬38度线、宁夏五宝之首枸杞、一对创业的年轻回汉夫妻……这些颇具新闻热点的字眼,诱惑着记者顶着酷暑"文字下乡"。结果,这一跑,不是一趟,而是一趟又一趟,不仅是采写新闻,在酷热难耐的6月,在与那对年轻夫妻促膝相谈中,记者正是从创业者令人瞠目的"今儿个真是好天气"话语中,敏锐地捕捉到"新闻眼"。尤为奇特的是,作者对这对夫妇的语言描写也用了几乎是同一句话"今儿个真是好天气"来进行刻画,不仅强调了这个"新闻眼",而且由此印证了一对夫妻之间心心相印的创业志向。在富有个性的语言特征、地理独特的创业环境下,作者还执意描写了主人公"瘦高的个子、皮肤黝黑",并随着主人公的创业印迹,让一个发生在贺兰山东麓、宁夏平原的现实版"喜耕田"故事跃然纸上。动情处,记者的热泪也倾洒在骄阳下的红枸杞园。新闻有了热度,文字有了感情,报道自然得以升华,成为情节动人的纪实文学。

地方党报不吝版面,以头版头条位置和一个整版的篇幅刊发了这篇近5000字的报告文学,并配发了"记者手记"。文章甫出即引起各方关注,广大读者好评如潮。作品的主人公在更加努力创业的同时,特意将这份刊有他们事迹的党报用相框珍爱地镶嵌起来,高高悬挂在田间陋室之中。

皮肤黝黑,心灵火红!7月骄阳也是火红的,枸杞更红,在这"大众创业、万众创新"的火红年代,一对历经磨难的创业夫妻事业有何理由不红?

费孝通老先生在80年前写就的《乡土中国》中说过这样一段话:"我记得在小学里读书时,老师逼着我记日记,我执笔苦思,结果只写下'同上'两字。那是真情,天天是'晨起、上课、游戏、睡觉',有何记得的呢?老师下令不准'同上',小学生们只有扯谎了。"这段文字从另一个角度岂不反证了:用一颗火热的心去感悟中国普通百姓艰辛的创业历程,用脚片子去写就带有泥土气息的文字,不正是这篇报告文学不事虚假、感人至深的根本所在?

"文字下乡",是讲好中国故事的先决条件。《最爱七月枸杞红》是一则上好的例证。

(《最爱七月枸杞红》系《石嘴山日报》记者江红采写的报告文学)

山水诉笔端　慰我思乡情

——刘家乐山水画《锦绣江山千古秀》赏析

结识刘家乐,是在中国书法网上。作为一直关注故乡文化发展的游子,心田总有一方存留家乡文人故旧的天地。虽然远隔千里,至今与这位画家未能谋面,但他的那幅展示在中国书法网上的画作《荷韵》还是深深地吸引住我的目光:墨色清淡的画面上,一枝亭亭玉立的墨荷,倚在画幅一隅,奇的是荷叶上,却被画家几近夸张地以浓墨绘就,观之既突出了荷叶的立体效果,但更有一种荷枝难堪重负的感觉!如此荷"韵",难道是画家独有的生活体验?也许是画家作品中有着让我为之称奇的渊薮吧,在故乡众多的书画家中,我记住了名字喜庆而画风奇倔的刘家乐。

乙未年春月,友人寄来家乐先生山水画作《锦绣江山千古秀》,这是我第一次亲眼目睹来自故乡的画家作品。这幅来自家乡的山水尺卷也令我这个漂泊在异乡的游子激动不已——试想,对一个少小离家至今已三十余载的游子,抚慰思念故乡的最美的方法,莫过于目所能及之处,有一幅绘就着故乡山水的画作了。

展开这幅色彩斑斓的山水画,自幼便铭刻心底的故乡山水灵动地展现在眼前。这是一幅来自王维辋川的美景啊:终南山下,一丛秋林,几间瓦屋,宁静中透着勃勃生机;一川秀水从莽莽苍苍的秦岭深处逶迤而来,静静的水面几片衰舟,一行鸥鹭翩翩而至,让画面有了动感。远山含黛,瀑布潺潺,这就是生养我的故乡,秦岭终南山下,这就是我日思夜想的家园。

奇特的是,画家在一方山水中,大胆运用了不同色彩来绘就自己心目中的秦岭山水:莽莽苍苍的秦岭,画家由近及远,着以深黑、浅黑及至黛色;山脚下的屋舍留白,掩映在杏黄色的层林中,显得淡雅宁静。而整幅画的主色调则在黑白相间之中。因此,作品展现出艳而不俗、美不胜收的效果,而一位山水画家在富有中国传统的书画创作中,对多种色彩的搭配使用,使得传统的写意画中又有了西方油画写实的特点。将传统的写意与西方的写实完美地融合在一方中国山水画上,这要付出多么巨大的勇气?对一位从秦岭脚下成长的乡土画家来讲,又是多么地令人惊奇!但家乐先生做到了,而且形成了自己的画风。这种探索令人击节叹赏:在艺术创作领域,作品具有个性化,那是艺术家终生追求的莫大幸事。

中国传统的文人绘画者,从不在画面上展现痛苦,文人创造了自成一体的形式世界,从语言到形象,具有一种形式的美好,与此同时,却也掩饰不住感伤情绪的流露。家乐先生的画作即体现着这种价值观,他能够确立画面对于自我的一种精神滋养。这个价值观的核心就是一个乡土画家的艺术不仅在于创造技巧,更在于将自我导向一个美好的境界,这样也使画作不仅奇倔瑰丽,而且可以看到一种理想在此的美真。

山水画,画的是天、地、山水、小船、屋宇、树木等,一般人们看画也就是看这些东西,第一是喜欢,其次是想去想居。其实,中国山水画的文化内涵远不止此。外在的东西只是中国画家通过道术表现自身对道体的理解而借用的载体而已,目的不是画这些素材类的东西以至逼真,而是想力求表达出自己对大自然的一种感悟以求通达天地之道。家乐先生作品具有的个性化,表现在无论是画面形式还是内涵感触乃至画法技巧都给予观者非常强烈的印象。画家运用个性化的笔触画出"自我"才是终极目标。画家能够把非常自我的绘画语言渗入他的水墨创作之中,观之令人耳目一新。熟悉家乐先生画作的人都有这样强烈的印象:他的画作的基调就是靓丽明快,新鲜丰富、韵味深长。鲁迅先生对美术创作曾有过一段寓意深刻的论述,大意是说二流的画家对景物只能画得"像",而一流的画家却能够画出景物的背后那些不可名状的感觉。可以说这段话也是我对家乐先生画作感受的最好诠释。

家乐先生是从秦岭脚下蓝田一个名叫火烧寨的小山村走出的乡土画家。数十年来,他秉承农家人的刻苦耐劳品格,在博采各家之长中,逐渐形成自己的绘画风格,成为陕西省美术家协会会员和西安盛唐书画院主要画家,同时,他还担任着蓝田书画院秘书长职务。他的画作不仅在国内多次荣获金奖,而且被韩国、日本和新加坡等国国际友人收藏。2015年,他的画作还在宁夏《新消息报》举办的慈善拍卖会上以5000元价格被藏家收藏。

听到这个消息,作为生活在宁夏的蓝田老乡,自豪之情,溢于言表。

"投我以木瓜,报之以琼琚"。感念家乐先生佳作,我也托故乡友人回赠了家乐先生一帧用宁夏贺兰石篆刻的方印。奇的是不知什么缘故,刻出的方印上的名讳竟成"刘家福"三字。及至故乡友人无意中说出,还以为是远在千里外的我有意而为之,我方知铸成此错!过后,友人说权当文人故旧的一桩逸闻趣事罢了。这事至今想来,我仍是懵懵懂懂,百思不得其解。

还是回到家乐先生的画作上面吧:一幅锦绣江山图,百种缠绵故园

情。于故乡山水的徜徉之中,运用五彩斑斓的色彩,增添了美感,热爱家乡的情愫浓浓地彰显着,幸福就此产生了。

(2015年)

百年修得同船渡

　　一个人一辈子钟情一份事业,而且历尽磨难,痴心不改,你相信吗:这是一种缘分。

　　1984年,大学毕业被分配到宁夏东北部最偏僻的陶乐县委宣传部后,不知天高地厚的我,竟向县委提出办一份县报的设想。

　　当时的陶乐,南北两面还没有黄河大桥相连通,与平罗县一河之隔,却只能靠渡船过河。一到冬季,县内与外界阻隔十天半月那是常有的事。偏偏我就不信那个邪,在上级的支持下硬是把县报办起来了。当时的县委机关报一月一期,每期印刷2000多份,人员呢,除了宣传部的领导,就我一个人。

　　出报的时候,是1985年1月。当散发着油墨清香的铅印报纸发到读者面前时,把整个陶乐县城都轰动了。

　　在新闻史上,《陶乐月报》是当时宁夏的第一份县委机关报。

　　就是这么一份四开四版的县级报纸,虽然仅仅办了两年,出版了20多期,但它却深深地推动了这一地区的"两个文明"建设进程。受其影响,十几年来,陶乐一直出版着一份不定期的文化报《陶乐文苑报》,一批批作者在这块弹丸之地顽强地成长着,陶乐人"小县也能干出大事情"的精神也为外界所传诵。

　　要说这份报纸对我个人的影响,我只能说,它几乎在冥冥之中暗示了我一辈子的前程：以辛苦为伴，与笔墨为伍。

可不是吗？几年之后，已调到自治区党委宣传部工作的我，竟又鬼使神差地"打道回府"，调回石嘴山市，做起了筹办市委机关报这一"苦差"，而且一干就是十几年，开始了真正的记者生涯。十几年里，我与报社同仁不仅把市委机关报办得有声有色，在宁夏及周边地区颇有影响，而且还写出了一大批为石嘴山发展鼓与呼的文章，像《一个百年不遇的机遇：银北南部冒出个金三角》《石嘴山你有多大名气》《我们与大动脉有多远》等等，一些采访的日子也令人回味不已。1993年9月，为纪念宁夏民族团结进步月，我带着几个刚出大学校门分到报社不久的记者徒步三天，从平罗县的宝丰走到灵沙，走到惠农县的礼和，采访回族人家，领略回乡风情，采写的长达万余字的《回乡采风录》见诸报端后，引起良好反响，市委主管领导专门打电话，褒扬这种用脚片子"写就"的新闻。当时一帮子小年轻的得意劲儿，至今想起来仍然历历在目。

实话说，当记者，特别是当个好记者、名记者，不苦是假的。但是，当用心血和汗水写就的文章变成精神产品，影响和推动一个地区的经济社会发展后，那种苦尽甘来的滋味，则是别人难以体味的。

许多年过去了，工作岗位也多次变动，但骨子里那种记者的冲劲儿却丝毫未改。现在，工作的一部分，又是编辑出版着市委机关刊物。熟悉的同志都笑着说："瞧瞧，又干老本行了。"

每每这个时候，我的脑海里就冒出古人的一句话：百年修得同船渡，千年修得共枕眠。

认这个缘吧。

（本文系2002年应邀为《宁夏煤炭报》纪念"中国记者节"撰写的专稿）

在政协工作岗位上建功立业

一、体现"成就感"

"成就感"建立在有所作为、有大作为上。

1.2015年,宁夏政协有两大亮点引人瞩目。

一是年初(3月7日)全国"两会"期间,宁夏政协首次以中共小组名义提交"关注西部高铁建设"提案,这是人民政协成立66年来中共界别小组首次发声,具有里程碑意义。二是年中(7月3日),由宁夏政协倡导,围绕扶贫工作倡议六盘山片区陕甘宁青四省区政协联席会议,并形成规程。

2.2015年,石嘴山市政协有两件大事不同凡响。

一是7月1日,自治区党委书记李建华用一天时间深入石嘴山市政协系统进行调研,于当天下午在石嘴山市政协召开全区政协工作座谈会,并参观了石嘴山市政协机关文化建设。二是石嘴山市学习毗邻城市乌海经验,从2015年起,用两年时间将全市226名市政协委员及市县区政协机关干部轮训一遍。其中,2015年已先后于5月、11月在井冈山、江阴党校对百名政协委员进行了培训。作为政协委员,在履职同时,有机会外出培训,深感自豪。

体现"成就感",这是消除政协干部"失落感"的一剂良药。

二、增强"自信心"

"成就感"与"自信心"相辅相成。

1.彰显权威,夯实自信。政协被称为"四大机关"之一。但非权力机关,政协权威体现在"发言权""建议权""监督权"等方面。李建华书记讲,这也是权力的重要体现方式。

从国家层面讲,如"国家公祭日"的确立,中国残疾人联合会的设立,即肇始于政治协商;从我们身边来讲,石嘴山市教育界高级职称"地方粮票"的设立,为市域内教师确认高级职称,稳定了教师队伍,促进了教育事业稳定发展。

2.发挥专长,体现自信。

增强"自信心",这是显示政协工作活力的根本。

三、常怀"紧迫感"

1.正视差距,提高水平。我们的工作中还存在很多缺位情况。一是与提案工作相比,社情民意信息工作尽管被作为政协工作中唯一受自治区、市考核通报的工作,其快车道作用也充分彰显,重要性不容忽视,但此项工作既无专人负责,也无工作机构(外省区普遍设置有研究室负责此项工作),工作质量难以保障,因此,从机制上亟待完善。二是与毗邻地市政协相比,我们既无政协机关刊物,也无政协书画院等机构,平台缺少,政协独特的文化机关作用发挥起来受到限制,彰显"话语权"的手段缺乏。这就是实实在在的差距。

2.加大宣传,提振信心。政协工作仍然存在"边缘化"现象。为此,一是要充分发挥"两会"平台,从各个方面展现人民政协风采面貌;二是要充分展现政协委员履职风采。要在体制上尽量消除委员"官员化"现象,把善于参政议政的社会知名人士纳入到政协委员队伍中,真正体现"群英荟萃"。李建华书记在石嘴山市召开的政协工作座谈会上引用习近平总书记的观点说:要做好五个重点领域人士的工作,其中三类人为重点团结对象,即留学人员、新媒体中的代表人士、非公有制人士,特别是其

中年轻的一代,这也是今后政协团结的重点;三是要在发挥提案及社情民意快车道的同时,尽量发挥文史资料等特有渠道,传播正能量,强化话语权,真正体现政协围绕中心、服务大局、建言献策、促进发展作用。

结语:社会愈发展进步,民主政治力量愈强,人民政协前景就会愈来愈广阔,这是历史潮流,也是人间正道。对此,我们应充满信心。

(2015年在宁夏政协培训班上的发言)

蓝田的优势　劣势和发展对策

蓝田"十二五"规划明确提出建设"人文山水蓝田,西安东部新城"目标①,这是指导当前和今后一个时期蓝田经济社会发展的重要战略目标,也是64万蓝田人民与全国同步全面建成小康社会的最强音。彰显独特的人文山水优势,打造西安大都市东部的新型城市区,必须充分发挥自身优势,摒弃固有的缺陷与不足,闯出一条符合蓝田县情的跨越发展新路,蓝田的明天才会更美好。

那么蓝田的优势是什么?蓝田需要亟待改进的到底是哪些方面?蓝田未来发展的主攻方向在哪里?

一、蓝田的优势

1.人文优势。蓝田是中国建制最早(公元前379年建县)、并且延续完整的古县之一。在这块面积近2000平方公里的土地上,承载着诸如蓝田猿人、华胥氏、伏羲氏、女娲氏、荆轲、蔡文姬、王维、李商隐、蓝田"四吕"、牛兆濂以及蓝田美玉、"乡约"、关学等国人耳熟能详的文化符号,是名副其实的国家历史文化名城。

2.区位优势。距省会西安仅22公里,既是西安都市经济圈的核心部分,又位于西安东大门,是古长安通向商州、南阳以至江南的交通要冲。在几千年漫长的岁月里,孕育了诸如"蓝关古道"这样的历史印迹。境内山、塬、川、岭地貌皆备,自然环境宜人。闻名遐迩的汤峪温泉、孝文化与玉文化兼备的王顺山国家级森林公园以及中国古代士大夫典型代表王维辋川别墅皆坐落于此,是都市人群休闲旅游的最佳去处,也是不可多得的西安后花园。

3. 品牌优势。蓝田美玉、蓝田美食、蓝田勺勺客、蓝田樱桃、蓝田大杏、蓝田美汤(汤峪温泉)令人神往,而人文品牌如前所述更是数不胜数。可以毫不夸张地讲,基于千百年来积淀的深厚的文化底蕴,蓝田的任何一个人文品牌在全国乃至世界都有着较高的知名度和美誉度,都足以令人青睐,都可以形成一个产业链,用"美轮美奂,美不胜收"来形容蓝田的品牌应是恰如其分。

4. 乡党优势。人文底蕴深厚的蓝田,又是人杰地灵之邦。仅新中国成立以来的数十年间,从蓝田这块土地走出去的志士仁人灿若群星,如曾担任全国政协副主席的老一辈革命家汪锋,担任过最高人民检察院党组副书记、常务检察长的张耕,现任武警宁夏总队医院院长、享受军级待遇的宁夏十大新闻人物穆广态,以及遍布全国各地数以万计工作、生活在各条战线的蓝田游子,他们是蓝田弥足珍贵的人文财富,在蓝田的经济社会发展中,他们的作用不容忽视。

二、蓝田亟待改进的方面

1. 思想观念仍需进一步开放。这是蓝田实现跨越发展的最关键因素。

2. 工业资源匮乏。蓝田境内工业资源短缺,能源几近空白,发展工业的先天条件不足,这也是蓝田经济总量在西安所辖区县中徘徊不前的根本原因,介于此,蓝田亟须国家安排无资源依托的大项目布局支撑。

3. 人才相对短缺。由于特殊的地理位置,加上观念因素,人才很难留住,资金很难到位,久之形成恶性循环,阻滞了县域经济发展。

4. 激情干事氛围仍需进一步营造。关键是要在体制、机制上形成干事业者敢于争先进位,敢为天下先,树立"有为才有位"观念,激情干事,激情创业,有所作为。

5.面临被边缘化状态压力。由于经济总量相对较小,基础设施跟不上,在西安都市经济圈中,蓝田面临被"边缘化"竞争压力。

三、对蓝田发展的建议

1.张扬优势,打好"人文牌"

尽快启动申报"国家历史文化名城"工作。人文历史为蓝田立县之本。蓝田紧邻西安,但与西安在人文历史方面既密不可分又有自己的特色。因此,蓝田要以一个独立的文化单元来作国家历史文化名城的申报工作。要将此项工作作为一个大项目来做。组织专人,配置专项资金,甚至设立专门机构,按照国家对历史文化名城的要件,全方位对接。同时,要积极争取陕西层面专家学者和领导的大力支持。在此基础上,整合蓝田县域内历史、文化景点,特别是蓝田城市区的文化元素,如蔡文姬纪念馆(文姬中学)、蓝田美玉研究院、蓝田"四吕"、关中大儒牛兆濂的芸阁学舍遗址、蓝关古道等等,在使蓝田跻身于国家历史文化名城的同时,切实发挥蓝田深厚的人文历史底蕴,提升蓝田的知名度和美誉度。

取得了"国家历史文化名城"这一金字招牌,蓝田独特的人文历史资源才能在世人的心中深深扎下根,蓝田才能真正像敦煌、平遥乃至陕西的韩城那样将深厚的文化底蕴作为立县之本。

打造国家4A、5A级景点,带动旅游上台阶。截至目前,蓝田县域内还没有一个国家4A级以上的旅游景点,这与具有深厚文化底蕴、人文景点遍布山川的千年古县很不匹配②。究其原因,恐怕主要是景区的硬件设施差强人意。在灿若群星的蓝田人文景点和自然景观中,知名度最大的当属蓝田猿人纪念馆和汤峪温泉。但目前这两个景点是"世界级的名气,村镇级的设施",其基础设施与知名度、美誉度相差甚远。当务之急是做好规划,举全社会之力,切实打造好这两个景点,以此为突破口,带动蓝田旅游景点纳入国家旅游精品线路。对蓝田猿人纪念馆,要发挥其毗邻蓝田县城及蓝商高速地理优势,对纪念馆周边民宅进行有序拆除,就公王岭山势,取蓝田猿人距今115万年之意,修建115级台阶,抵达展厅,同时配套建设比较大气的停车场。在蓝田猿人遗址,采用现代科技手段,再现古人类生存环境。同时还可以将北京猿人、元谋猿人的基本内容有机地进行展示,远期可考虑将世界各国猿人资料纳入馆中,以丰富蓝田猿人纪念馆的内容。对于建馆资金,一是向国家申请专项资金,二是县上配套,三是向海内外华人特别是蓝田人募捐。对于企业家捐资一万元以上,其他人士捐资1000元以上者,在建馆碑记中勒石纪念,并赠送纪念牌,本人及其家人参观纪念馆凭纪念牌免费参观。对汤峪温泉,一是拓展内涵,发挥其卧于秦岭优势,开展秦岭一日游项目;二是开展农家乐项目,让都市人群在充分享受大自然的快乐的同时,最后享受温泉的美妙。此外,引进国家或省级培训基地入驻,提升汤峪品位。在这方面,可以利用蓝田是中国"乡约"发源地这一人文品牌和蓝田乡党自身优势,争取司法部(或陕西省司法厅)在蓝田(汤峪)建立国家司法干部培训基地。

办好节会,促进城市服务设施上台阶。随着经济社会的发展,会展业作为一种新兴业态,对一个地区经济社会发展具有极强的冲击力和带动力。据业内人士分析,旅游业带动相关产业的比率是1:3至1:5,而会展业带动相关产业的比率是1:10左右。经过多年努力,蓝田已获得"中国厨师之乡"美名,蓝田玉也通过国家地理标志产品保护,已将美食美玉节、恭祭华胥氏大典、汤峪温泉洗浴节等主题节会活动常态化,旅游业逐渐融入西安市民半小时生活圈。如何将这些富有特色的节会与蓝田旅游、与促进城市基础设施建设有机结合起来,使都市人群在参与节会的同时,在蓝田留下来、住下来?做好这个文章,首要的应是旅游硬件诸如星级宾馆的建设和餐饮业综合水平的提升,同时,城市的卫生环境等等,都需要考虑。不可否认的是,相对陕西黄陵、河南安阳等地,在人文始祖祭奠中,蓝田华胥氏公祭是层次较低、影响力也相对较弱的公祭大典。这就需要进一步总结经验,认真学习其他地区的好经验、好做法,同时要加大对外宣传力度,通过公祭活动,集聚人气,展示蓝田深厚的人文底蕴,带动地方经济发展。

2.扬长补短,打好"三产牌"

第一,使农业产业化。蓝田要实现跨越发展,关键是以什么样的姿态融入西安都市经济圈。从西安所辖9区4县比较分析,蓝田的优势一是文化旅游,二是农产品供应。目前蓝田的三次产业之比为24∶37∶39(2012年统计数字)。如果说蓝田资源还有一定的优势的话,除其丰厚的人文资源外,应该体现在农业资源方面。而蓝田要扔掉"穷"的帽子,最根本的一条,则是一产的比重在10以下,怎么保证?主要途径是减少农民。目前蓝田的劳务输出功不可没,那么还在土地上耕作的农民怎么办?唯一的出路就是进入到产业化的队伍中。根据大都市人群的需要,强力开展观光农业、采摘业,加大蔬菜种植规模,拓展温室花卉,培育已有一定规模和声誉的樱桃、大杏、柿子生产基地,进一步叫响品牌,同时走种养加(工)结合的路子,使一产直接变成贴近服务都市人群的产业,大力培育优质农产品品牌,使农民成为商人,鼓励农民进城置业。

特别值得一提的是,由于蓝田山、塬、川、岭自然地貌皆备,又兼具南、北方气候条件,北方少有的竹子在这里亭亭玉立,葳蕤生长。特别是每到春天,金黄色的油菜花漫山遍野,蔚为壮观,一派迷人的江南风景,令人叹为观止。建议设立"蓝田油菜花节",配合以摄影大赛,让都市人群和摄影爱好者在家门口就能观赏到美丽的江南田园景色，同时带动旅游业发展。

第二，以第二产业壮大第三产业。由于蓝田工业资源贫乏，第二产业一直是蓝田发展的短腿，也严重制约着蓝田的发展。因此，在工业发展方面，蓝田要"两条腿"走路，一要紧紧依靠西安都市经济圈布局，发扬"千方百计、千言万语、千辛万苦"精神，力争国家重大项目落户蓝田，以此带动蓝田强力发展；二要充分发挥蓝田人文资源丰厚优势，鼓励投资商到蓝田开发旅游项目、地产项目、基础设施项目以及蓝田独有的玉石加工项目。蓝田人文、自然景点星罗棋布，很多景点享誉世界，但基础设施落后，大有潜力可挖。蓝田距西安仅仅20多公里，但房价相差悬殊，从发展的眼光观察，其中商机多多，特别是蓝田城市建设方面，目前已形成灞河从蓝田县城市区穿城而过的景观雏形。身居蓝田城区，可远眺巍巍秦岭和茫茫白鹿原，可近观滔滔灞河水与辋川河水交汇，是一处山塬水景皆备的宜居之地；蓝田美玉天下闻名，但蓝田的玉石产业一直处于手工作坊阶段，如何使蓝田美玉与加工生产相匹配？这是亟待解决的重大课题。建议政府约请专家学者进行充分论证规划，从玉石文化研究到加工生产严格把关，作出科学规划，真正使蓝田美玉成为蓝田的优势产业。

第三，使第三产业占主导地位。发达地区的标志之一就是第三产业比重达80%以上。蓝田作为一个传统农业大县，农业是民生产业、生态产业，同时又是脆弱产业、无税产业。而第三产业恰恰是富民产业、地税产业和无烟工业。第三产业比重超过50%之日，就是蓝田建成小康社会之时。做好退一进三、退二进三、做大做强三产，蓝田还有漫长的路要走，而蓝田能够做大做强第三产业的基本依据就是其紧邻西安大都市的独特的区位优势和深厚的人文底蕴。

3.广开县门,打好"人情牌"

一是建议蓝田县出台优惠政策,更多地吸纳与蓝田有渊源的历史文化项目。建议将关中大儒牛兆濂曾孙牛锐先生创办的陕西芸阁书院从西安市迁入芸阁学舍原址(现蓝田县三里镇五里头小学)。这是蓝田一份珍贵的人文遗产。在这一方面,蓝田人在人文景观的培育中体现的智慧令人折腕。长安(灞桥区)人陈忠实的名著《白鹿原》当仁不让归于蓝田这片热土,除去白鹿原主体在蓝田(少部分在长安、灞桥)外,书中唯一有生活原型的半人半神的朱先生即是享誉关中的蓝田圣人牛才子(据陈忠实先生介绍,为写《白鹿原》,他在蓝田县档案馆一蹲就是3个多月,翻遍了牛兆濂老先生编纂的《蓝田县志》,而书中朱先生的生活原型就是关中大儒牛兆濂),正是这种血肉相连的文脉人脉,才使一部皇皇名著与蓝田山水密不可分。芸阁书院迁入蓝田芸阁学舍原址后,将不仅为蓝田增添又一道文化风景,而且会使历史久远的关学文化得到完美的衔接,这也是蓝田成为国家历史文化名城的核心内容之一。

二是建议蓝田根据自身特点,设立"蓝田县参事室"。由蓝田县人民政府责成有关部门,着手建立客居在海内外的蓝田籍人士档案库,定期在蓝田政府网公布蓝田籍人士名录,由县人民政府将其中厅局级以上的蓝田籍领导者、教授级职称的专家学者及蓝田籍文化名流聘请为蓝田县参事,建立沟通联络机制,将蓝田发展情况及时向参事们进行通报,同时,围绕蓝田发展向这些参事们出课题、选项目、求思路、谋发展。

三是举办"蓝田发展恳亲会"。建议利用每年的清明节或中秋节,定期邀请在全国各地工作、生活的蓝田籍的企业家、官员、学者回乡省亲,搭建一个平台,力争办成一个固定的节会,使常年在外的蓝田籍乡党能够与蓝田党政领导面对面进行沟通,了解家乡发展,为蓝田发展献计出力。

四是建议整合蓝田宣传资源,使其更好地发挥对外宣传蓝田的作用。目前蓝田宣传除县广播电视、蓝田网站以外,蓝田在线、《发现蓝田》杂志等在对外宣传蓝田方面作用不容小觑。特别是《发现蓝田》杂志,在客居在外的蓝田籍乡党中具有较强的影响力。据了解,蓝田在线和《发现蓝田》杂志均为民间团体承办,由县委宣传部具体指导,这也是蓝田深厚人文历史孕育的硕果之一。建议县委、政府能进一步加大对这些来自民间的正能量给予支持,包括在人文关怀方面,使其能在"人文山水蓝田,西安东部新城"建设中发挥独特的作用。

（2013年）

作者注：

① 2016年2月,中共蓝田县委十五届七次全会在对蓝田"十二五"工作回顾总结基础上,提出"十三五"期间,蓝田将着力打造"人文山水蓝田,丝路生态慢城",全面建成小康社会的目标。具体内涵为:立足丝绸之路经济带新起点,面向"一带一路"全面开放,以全域旅游为发展指向,深度推进文化生态旅游综合开发,大力彰显县域生态、文化资源优势,营造契合当代人放慢生活节奏、向往回归田园的理想生活方式,以区域性生态休闲度假首选地为目标,打造丝绸之路经济带最佳生态慢城。以大旅游为引领,带动三次产业融合,实现县域经济社会全面发展。

② 蓝田王顺山国家森林公园和汤峪旅游度假区分别于2014年6月、12月荣膺国家4A级旅游景区。目前,蓝田县国家A级以上旅游景区达14家,居西安所辖13个区县之首。

秦岭无墨千年画　灞水无弦万古琴

——我与《发现蓝田》的结缘

我与《发现蓝田》结缘,始于2012年岁末。当时因参加老家县上举办的一次面向全国的征文大赛,通过县委主要领导与宣传部同志联系,宣传部常务副部长刘军锋在与我相识的同时,热情地向我推介了这份杂志。自此,身在千里之外的我因这份刊物而与家乡、与家乡的一批贤达以及在宁夏的许多蓝田乡友建立了联系。时至今日,我和众多身在他乡的蓝田游子一同与这份杂志结下了特殊的情缘。我感觉结识了《发现蓝田》,就好像结识了一位智者,并通过她融入到一批至爱亲朋之中,尽管我们天各一方,但话语却滔滔不绝,感情愈来愈深,这缘于我们共同有了及时了解魂牵梦绕的家乡变化的一方平台。

这是一份令遍布在中华大地的万千蓝田游子多么赏心悦目的饕餮盛宴啊。

甲午仲秋,在《发现蓝田》即将问世三周年之际,《发现蓝田》杂志社社长牛锐先生邀我写一点与这份刊物相关的文章。我欣然应约,写下如下的文字,方觉释怀。

我与《发现蓝田》的渊源

其一,我为《发现蓝田》所撰写的文稿情况。从2012年12月开始结

识《发现蓝田》，至今已两年时间。这一时期我先后撰写了《美丽老家》《生命里的一段历程》《蓝田的优势、劣势和发展对策》等文章，分别发表在《发现蓝田》2012年第4期、2013年第2期和2013年《发现蓝田·宁夏特刊》上。其中，在《美丽老家》一文中，我比较翔实地述写了与《发现蓝田》杂志结缘的过程。

其二，我向《发现蓝田》杂志提出的意见建议。两年时间里，根据自己数十年办刊、办报的经验，我就如何办好这份刊物向杂志社提出许多意见建议。其中多被杂志社采纳，包括刊物的办刊风格、封面设计、栏目设置，甚至一幅反映家乡风貌的摄影作品的运用。给我印象最为深刻的，是我曾建议杂志社增加邮件回复，并提供一例作为参考。不久，刊物电子信箱就增加了邮件回复这项显现温馨的微小程序。

其三，直接参与主编《发现蓝田·宁夏特刊》。2013年6月，在第二届宁夏蓝田同乡联谊会成立大会前后，经蓝田乡友、武警宁夏总队医院院长穆广态将军倡议，由《发现蓝田》杂志社与宁夏蓝田同乡联谊会共同编辑出版《发现蓝田·宁夏特刊》。经将军提议，由我担任特刊主编，蓝田乡友、原宁夏平罗县委常委、县武装部政委秦晓锋担任图文编撰。经过近3个月的努力，《发现蓝田·宁夏特刊》得以顺利出版，特刊在蓝田及广大在外乡友中反响良好。其中，由我撰写的《蓝田的优势、劣势和发展对策》在"观察"专栏刊发，文稿得到时任蓝田县委书记苗志忠同志的高度评价，并被转送相关领导和部门在工作中参考。

我与一批贤达的结识

刘军锋。任职于蓝田县委宣传部常务副部长（兼任县文联主席）的刘军锋是向我推荐《发现蓝田》的第一位家乡领导。然而，随着时间的推移，我们因为工作和家乡诸多因素，越来越亲近，成为无话不谈的亲密朋友——尽管我们相隔千里之远，尽管我痴长他10岁有余！

2013年岁末，一向老成持重的军锋打来电话，喜不自禁地告诉我：《光明日报》刊发了他撰写的一篇反映蓝田开发山水美景吸引美院学子建立书画写生基地的千字文章。搞了数十年媒体的我听闻后同样喜不自禁：原来只是党政官员的刘部长同样有着提笔为文的傲人才气。当然，身为官员的他更多的睿智和才华体现在为宣传蓝田、赞美蓝田所作出的非凡贡献上，包括对《发现蓝田》杂志的支持。据我所了解的情况，《发现蓝田》作为一份民间机构所办的季刊，在不到两年时间就能够荣获"陕西省优秀外宣出版物"殊荣，蓝田县委宣传部功不可没。而《发现蓝田》在宁夏开展的几次活动，都有军锋的身影。对在外地奔波的蓝田乡友，他也是热心帮助，而蓝田乡友只要回到家乡，他更是不遗余力，关怀备至。一些乡友求他办一些个人的事情，他也坦然应允，并在力所能及的范围内给予帮助，尽职尽责地履行着他的责任。

人贤事顺。识得此君，百事可解。

牛锐。通过刘军锋部长识得《发现蓝田》，通过《发现蓝田》识得牛锐。

小的时候，一出家门，耸立在秦岭怀抱的竹篑寺双峰并峙的景色深深嵌入脑海之中。以至于在异乡数十载，回想起故乡，那幅如画景色便在眼前浮现。如今，识得同样年幼于我的牛锐先生，不由得与萦回脑海之中的那高耸入云的并峙双峰相连起来。从牛锐先生那里，我浮想联翩的两座高峰，一是自幼便如雷贯耳的关中大才子牛兆濂，一是美轮美奂的人文刊物《发现蓝田》。

牛兆濂乃牛锐先生曾祖。牛兆濂之于蓝田、关中、陕西,言其为圣人,实不为过。反正在我等自幼的开蒙教育中,在老辈人的口口相传中,牛才子的故事就是启蒙课本中最精彩的部分。及至时光进入20世纪90年代,文学大家陈忠实先生的皇皇巨著《白鹿原》,将半人半神的牛才子(书中为朱先生)的仙风道骨、牛才子的爱国情怀、牛才子的铮铮铁骨,甚至于牛才子的固执迂腐第一次以文学形式被记载下来并展现在国人面前。但无论是民间的口口相传,还是文学大家的艺术描写,牛才子在关中人的心中是永恒的丰碑,这一点毋庸置疑。恰恰缘于此,时隔近百年之后的今天,牛才子的后代,又为蓝田人树立了另一座丰碑。

《发现蓝田》乃牛锐先生鼎力创办。《发现蓝田》问世两年多以来,以其独有的视角、人文的情怀,向世人展现着千年文化古县蓝田的前世今生,并在2014年初荣获"陕西省优秀外宣出版物"。于蓝田,于陕西,于遍布于海内外的蓝田籍游子,言其为一座文化丰碑,亦不为过。试问,有哪一种人文刊物以民间自费的方式踏实做着宣传一方热土的事情?没有!一位有着硕士学位、曾在大型企业拿着高薪的都市白领,毅然放弃安逸的生活,义无反顾地投身于一项前无古人的事业,这份事业,其根基又与前辈风范血脉相通。同时,通过这一份刊物,使具有千年文脉的蓝田文化顽强地发扬光大,这种似与时风格格不入的人文精神,追根溯源,正是蓝田圣人牛兆濂古风之再现!

牛锐先生在编发我的《生命里的一段历程》一文时,曾对我创办一份县报的艰难经历感叹不已。是的,从1984年大学毕业至今,在参加工作的整整30年里,我先后有20多年在办报、办刊,然而所经所历,无一例外地是只为辛苦买单而无经费之忧,况且还因辛苦做事而有升职回报,至今在县处级领导干部岗位已近20年,还享受着国家给予的比较优裕的俸禄。相对于牛先生,我与君境界高下乃天壤之别。

见贤思齐。识得先生,不虚此生。

穆广态。《发现蓝田》杂志在2012年第四期"蓝田才俊"专栏刊发了一篇新华社记者撰写的长篇人物通讯《为了最高的荣誉——记武警宁夏总队医院院长穆广态》,这是我第一次目睹一位文职将军的风采,而这位富有传奇色彩的长者竟然就在我蛰居30余年的宁夏,而且还是蓝田乡友!直到2013年3月,石嘴山市蓝田乡友联谊会成立,我才与众位蓝田乡友一起拜会了这位美名久负宁夏山川的传奇将军。而给我更深刻的教诲的,则是将军亲自指导我承办《发现蓝田·宁夏特刊》的过程。

参加工作以来,我因先后创办过县报、市报、市委机关刊物并主编过市委理论刊物而自诩对办刊办报轻车熟路、不在话下。因此,对承办一份与家乡、与在宁夏的蓝田乡友密切相关的特刊,我还是踌躇满志、信心满满。记得当时我就像一个精神饱满的士兵一样斗志昂扬地接受了任务。然而,接下来的事情远非想象得那样简单:我强的是文字弱的是图片,而彩色刊物仅用图就在一半以上;刊物在首府银川印制而我在石嘴山市,而且要在工作之余完成。多亏将军调度有方,图文编撰调配摄影玩得很转且工作勤勉敬业的秦晓锋政委,乡友资料则派给了蓝田乡友、在宁夏水利厅任职的张增强和在宁夏公安厅任职的韩平安两位处长。关键是刊物所需的数万元经费,这个我过去在工作中从不操心的事儿,将军运筹帷幄,处理得妥妥帖帖。2013年9月,一份精致大气的《发现蓝田·宁夏特刊》展现在读者面前,而我从中真切地学到了许多宝贵的"诗外"功夫。

因了《发现蓝田》，我还了解到将军对蓝田故乡的特殊贡献：是他努力促成宁夏回族自治区人民政府出资50万元用于汪锋故居建设；是他积极协调银川的企业家融资10余万元用于蓝田家乡九间房镇公益建设；家乡的领导和乡友每每来到银川，他都要在百忙之中热情接待；他的人格魅力像磁石一样把生活在宁夏的蓝田乡友紧密地凝聚在一起……

高山仰止。识得将军，荣幸终生。

还有至今素未谋面但通过《发现蓝田》神交已久的费秉勋、宋黎明、卞寿堂、孙兴盛、张效东诸先生……

我的一份情怀

因了半生都在耕耘书刊，我视人文为生命中之华彩乐章；因了对故园的深深怀恋，我视《发现蓝田》为难得的人生挚友；因了一群人的默默奉献，令人每每生发着由衷的感恩。我所在的城市蓝田乡友联谊会连续两年一直是《发现蓝田》杂志社的团体会员，我们也在通过诸如捐书捐款等力所能及的方式支持着这份以宣传家乡为己任的刊物。我对牛锐先生说过：每一期《发现蓝田》在我这里，不是只看一次，只读一遍，而是反复读，反复看；不只是时时褒扬她的优点，甚至还在常常包容她的缺憾。在我的案头，每年的《发现蓝田》是以合订本的形式尊贵地置放在我随手可得的位置。《发现蓝田》已成为我的一份情怀，一份挥之不去的千千情结。通过她，我得以及时了解千里外的老家的发展变化；通过她，我将对家乡的思念得以真诚的表达；通过她，我结识了那么多可亲可敬的人们。这份人文情怀，在我的人生经历里弥足珍贵，历久弥新。相信对于遍布海内的所有蓝田游子，也会同有此种情怀。

最后,化用一首古人的诗句,表达我对这份根植于故乡沃土的刊物的深深祝愿——

秦岭无墨千年画,

灞水无弦万古琴。

苍天不老百年情,

挚友无言一颗心。

(2014年记于石嘴山市)

下编
XIA BIAN

生命中的一段历程

辽阔的羌塘草原呵

在你不熟悉它的时候

它是如此那般的荒凉

当你熟悉了它的时候

它就变成了你的家乡

——羌塘古歌

一

1979年10月,经过两天两夜的长途奔波,初谙世事的我从千里之外的陕西蓝田,来到了宁夏石嘴山。

确切点说,我的最终落脚点是黄河那边的小县陶乐。很显然,我对"隔河千里远"的古训理解得太肤浅了。当时,记得在平罗火车站下车时,已是深夜,我浑然不辨东南西北,只隐约地想,兄长在信中说过,平罗就和陶乐相邻着,应该快到了。

然而我错了。同行的张伯很匆忙地拦住了一位好心的接站司机,我们搭着那辆吉普车,向着十多公里外的大武口奔去。来到宁夏的第一个夜晚,我的投宿点就在大武口的一个老乡家中(命运似乎在冥冥之中已经注定我要与这座城市有着割舍不清的情愫一样,几年后,已在首府银川工作的我,竟鬼使神差般地又折回石嘴山,在大武口一待就是数十年)。

第二天,在匆匆融入这座城市以后,我才知道,与前晚相比,我们所处的位置与陶乐更远了,随后的联系更加深了我的这种感觉。

那时打长途电话只有邮电局一家。记得当我踌躇满志地要通了陶乐方面的电话后,没想到对方好像在另一个星球上一样,电话里一片丝啦啦的声音,兄长单位没有人接。当时我想,我的哥哥在县委工作,不可能没有人值班吧。就这样,县委办、组织部、宣传部……能想到的单位都打了,就是联系不上,连接线员都烦了。最后,不知把哪个单位接通了,我忙报上了我哥的名字。还好,只有一万多人的小县陶乐,县上的人几乎都认识,我忙不迭地说明了事由,才诚惶诚恐地挂掉电话,这时,一个上午已经过去了。

我也不知道,距离近在咫尺的陶乐,竟然一等就是三天。第四天,兄长风尘仆仆地从陶乐赶到了大武口。相见时的喜悦刚刚浮上脸庞,兄长忙忙地对老乡说:"河不好过,今天要回到陶乐,还得赶快走呢。"而大武口的老乡也似乎非常理解去陶乐的不易,忙说:"对,早走一袋烟,少赶三十三。"

汽车在简易公路上颠簸了约一个小时后,我们在平罗汽车站下了车。兄长说,只要等到从银川方面驶来的到陶乐的班车,今天就能回去了。有了这个念头,我的心情开始急迫起来,开始眼巴巴地瞩望从银川方面开来的每一辆公共汽车。在等了约两个小时后,终于来了一辆去陶乐的班车。

上车的人很多,但大家彼此几乎都认识。他们一边拥挤着,一边热情地相互打着招呼,我在这种完全陌生的气氛中,融入其中。

超负荷的汽车向着黄河那边的陶乐缓缓驶去。

二

对陶乐那种刻骨铭心的感觉,还是在我上完四年大学,又回到它的身旁的时候。

1984年,我从宁夏大学中文系毕业。说句真心话,我是怀着真诚的报恩之心回到这块常常被人遗忘的"角落"的。

当时的陶乐,县城最多有两千多人。县小人少不说,北面与内蒙古相连,东面是茫茫的毛乌素沙漠,南面被无情的沙丘阻隔了与灵武相连的路。唯一与外界相通的,是从西面渡过黄河出县。到了冬天,一旦黄河封冻不上,渡船又不通,县内县外隔上十天半月,那是常有的事。

我在县里,偏偏是待在赶急活的单位——县委宣传部。加上我又是个不省油的灯,什么事都想干个好,在陶乐这个特殊地方,麻缠事之多就不言而喻了。

说陶乐是个被人遗忘的"角落"吗?我不信那个邪,硬是鼓动着县委领导,办起了宁夏的第一份县委机关报。铅字印刷,一月一期,除在本县发行外,还向宁夏各市县发送。当时报纸先在贺兰县后在银川市印刷,不管在哪里印刷,都要渡过黄河。夏秋之季还好说,到了冬天,那种遭罪的事,让我至今难以忘却。记得1985年冬天,为了出版当年最后一期报纸,我想尽一切办法到了贺兰,没想到报纸出来后,回不了陶乐。当时在贺兰一待就是半个多月,直到山穷水尽。最后不得已,将2000份报纸用绳一捆,一前一后,跨在肩上,踏上了漫漫的回家路。我清楚地记得,当时从贺兰县城乘车到马家寨下车,又乘上到石嘴山的车,当天中午,随着人流从封冻的黄河冰上小心翼翼地走过黄河,进入内蒙古境内,在岸边步行了几公里,搭上一辆从公乌素开往伊克昭盟方向的私人运输车。说是运输车,实际是一辆破旧的囚车改制而成。窄小的车厢最多也就能载十来个人吧,但当我爬上车的时候,至少有三十人!没有办法,我只好护着两捆报纸,在透不过气的人堆里拼命地喘着气。行了约一个小时,在内蒙古与宁夏交界的一个叫"新坝"的地方,"滚"下了车。那辆破旧不堪的运输车吼叫着向伊克昭盟方向驰去了,只扔下我一个人孤零零地待在那个陌生的地方。

幸好当时是下午两点左右,尽管是在隆冬季节,但天还早,我瞅着周围陌生的人和房子,想着万一当天回不了陶乐该怎么办,兜里的钱已所剩不多,周遭哪有旅店?当时为了赶路,想着回家,连饿肚子也忘了个一干二净。正在胡思乱想着,猛然间听到一阵拖拉机的声音,果不其然,就像救星一样,一辆标有陶乐县红崖子乡字样的中型拖拉机从远方驶来。我急忙伸出双手,挡住了这辆拖拉机。拖拉机司机用一种非常惊奇的眼光望着我,他大概看出了我一副干部的模样,但满身的疲惫和两捆包得严严实实的报纸与我的身份很不协调。当我一说是县上的,他显然很高兴,喊了声:"那快上么,一会儿天黑就赶不到了。"

啊,从那以后的十几年里,许许多多稳便舒适的车我都坐过,但没有一次能像1985年隆冬在宁蒙交界上乘坐的那个红崖子乡青年农民开的拖拉机让我觉得是那样的惬意、舒展!

三

1987年,我告别了刚刚工作半年多的首府银川,只身来到石嘴山,这

在别人看来是很不可思议的事儿。

告别了繁华的闹市,像一只孤雁悄然落至空寂的大武口。记得当时在我的脑海里对这座城市印象最深的,就是街两旁密密麻麻的满天星花儿,无忧无虑、无遮无挡地开放着。

说街头空寂,是一点都不夸张的语言。当时的大武口区,最多也就是七八万人口吧。刚来那阵,听到过一句"银川的衣裳固原的油,石嘴山的街道吴忠的楼"的顺口溜,说大武口区的街道宽宽敞敞外,可能还与人口稀少有关。记得当时,我们一帮筹办报纸的小年轻几乎都是单身,那时不兴喝酒摆场子,一到晚上,没事干了,就跑到街上转转,可转来转去,除了我们,就是大马路,空荡荡的,没几个人影。这也难怪,1975年,石嘴山市政府才从近百华里外的石嘴山区迁至大武口,此前这里仅仅是一个小镇,周围又无农村依托。短短十年工夫,能有多大变化?直到1988年,市委、政府针对石嘴山市政府所在地"市不像市"的实际,提出"重点发展大武口"的城市发展目标后,大武口区的建设速度才快了起来。

从银川到石嘴山,我的使命是筹办市委机关报。在当时创办一张新闻性报纸,难度有多大,今天的人们是难以想象的。令我最刻骨铭心的事有三件:一是专业人员难以调配,二是报纸印刷无法解决,三是办公地点没有着落。

先说人。当时哪有现成办报纸的?只有从各区县表现得比较突出的通讯员中选调。记得我刚来时,是1987年3月,出版第一期试刊报纸时,已到了5月,但人员还是光杆司令一个。到了6月份,才勉强从矿区调来一位搞摄影的同志。到了7月,借毕业生分配的光,我们终于挖来了一个大学生。当时要这位女记者,还有一段有趣的插曲。听到市人事局说有一位从宁夏大学新闻专业毕业的大学生来报到,家是石嘴山矿务局的。我们喜出望外，连忙跑到市人事局，人事局同志说那女孩刚刚离开。我们忙跑到楼下。看到一位学生模样的女孩，估计是吧，但当时我和那位搞摄影的同事硬是不敢上前询问，怕弄出笑话。我们只是跟着那女孩上了开往近百华里外的石嘴山区的班车，直到她下了车，走回她在矿务局的家，证实确实是那个大学生，这才说明来意。这事都过了十几年了，今天想来，仍为当时的懵懂怅然。

人有了，报纸印刷却是难事。说起来当时的报纸印刷，恐怕人们都不相信。作为一份新闻性报纸，当时的印刷地点却在五六十公里外的银川。刚试刊那阵，人手少，大多数人又不太懂印刷程序，这可苦了我，只得拿起几年前在县上办报的底子，往返于银川与大武口之间。有一次，一天跑了两个来回，当与同事一起从班车上抬下近万份报纸时，浑身像散了架似的，坐在路边连动都不想动一下。就这样的状况，一直延续了五六年。

报社最早只有一间房子。1988年9月，人马基本上齐了，一下子有了十来个人，一间房子显然不能办公。在市委领导的关心下，先把市委的门房借给了报社，这样总算有了安身之地。虽然简陋，冬天还要烧一个大铁炉，弄不好第二天就得挨冻。但简陋也有简陋的好处，一是在市委门房，通讯员来送稿很方便，不用进市委大楼就到，因此报社常常是欢声笑语，其乐融融。再就是一到盛夏的傍晚，我们一群年轻人吃完晚饭，一抬眼，就能看到街道两旁蓬蓬勃勃盛开着的满天星花儿。劳作之余，有一片醉人的蓝色花儿映入眼帘，想想，那是多么惬意的事儿啊。

时过境迁，一晃十几年过去了，当年创业的那一帮年轻人多已劳燕分飞。作为一家市委机关报，石嘴山报也经过十几年的发展，以日报的形式成为石嘴山70多万人民不可或缺的精神食粮。如今的大武口区也

今非昔比,街道两旁曾惹人心醉的满天星花儿也早已被栽植的油松、刺槐所替代,但是我想,无论是谁,只要曾给这世界留下美的影子,留下过令人回味的事物,那么,他也就无悔无愧了。

———一如那虽然轻贱却美丽过空寂的煤城街衢的蓝色花!

(原文刊载于《黄河文学》。收入宁夏人民出版社2006年出版的《宁夏青年作家作品精选·散文卷》、宁夏人民出版社2009年出版的文论集《城市发展的足音》、2013年《发现蓝田》杂志等)

仰望飘扬在映秀的那面旗帜

女共产党员李玉梅死里逃生,在按照党支部书记牺牲前的叮嘱去找党组织时,又陷入叛徒马家辉的纠缠,幸亏马家辉妻子以死相帮,才脱离了危险。她独自一人上东山去找党组织,遇上也去东山找党组织的秀英和惠珍。三位坚强的女共产党员在东山的草地上成立了党小组,用她们稚弱的肩膀扛起了带领群众与凶恶的敌人斗争的担子,直至玉梅壮烈牺牲……

这是优秀故事影片《党的女儿》展现的20世纪30年代第二次国内革命战争时期,中国共产党人在血雨腥风的岁月里英勇斗争的真实故事。也许是以文学的形式生动地展示吧,记得我第一次看这部影片时,还是"文化大革命"刚刚结束不久,自己还是个不谙世事的中学生。虽然还没有入党,但影片中女共产党员的形象是那样深深地印在我的脑海之中!缝在夹衣里的党证,建党初期颁布的十大政纲,共产党员,党的组织,人民群众与党的血肉联系,党的事业……这些基本的、朴素的概念在我的脑海里深深扎下了根。

1984年,大学毕业后,我被分配到家乡的宣传部门工作。第二年,工作成绩优异的我光荣地加入了中国共产党。至今28年过去了,我还清晰地记得举行入党宣誓的那一天:"七一"前夕,在县直机关党员大会上,我和一批新入党的同志,在县委领导的带领下,在台下数百名党员干部的注视中,面对鲜红的党旗,举起拳头,庄严宣誓——我终于成为中国工人阶级先锋队组织中的一员。在党组织的帮助下，我的理想信念不断加强，在工作岗位上，时刻以一名共产党员的标准，严格执行党章对党员的要求，并成长为一名县处级领导干部。肩上的担子重了，但更要发挥模范带头作用。在担任党校兼职教授期间，我经常向新近入党的青年干部培训班的学员讲起做一名共产党员的担当，也经常讲起电影《党的女儿》里展现的那三位苦苦寻找组织无果、最后依照《党章》规定在草地上自发成立党的小组的女党员。她们在成立党小组后勇敢地向找党的群众允诺：我们找到党了，我们有了和凶残的敌人作斗争的主心骨了！那时，找党无果的她们面对的是怎样血雨腥风的残酷现实啊！久而久之，一些年轻的学员同志在受到思想洗礼的同时，也时时发出疑问：在我们党已经执政数十年、现在已经处于和平年代的今天，这种勇于担当的精神还会有吗？

  2013年阳春三月，我们有幸来到曾经发生过震惊世界的四川汶川大地震的中心——映秀镇。当客车进入映秀的那一刻，震后每一处新建的建筑上猎猎飘扬的一面面国旗、党旗是那样强烈地震撼着每一位造访者的心！其实，映秀、汶川、中国在2008年发生强烈地震的那一刻，就已经向全世界展现了在自然灾难面前中国人民万难不屈的精神。在2008年5月12日大地震后的无数个日日夜夜里，我和所有的中国普通百姓一起通过电视屏幕、通过新闻媒体、通过一切可以了解的渠道深切关注着汶川灾区的救援、重建进程，我们每一个中国人和每一个身处海外的华夏儿女也都在以不同的方式参与到这场和平年代的严酷战争之中。就在那时，在汶川、在映秀，通过电视屏幕，我真真切切地看到了与电影《党的女儿》中惊人相似的一幕：在满目疮痍、一片废墟的映秀灾区，在简陋不堪的防震棚栏杆上，高高飘扬的是一面鲜红的党旗，栏杆上靠着一块村党支部委员会的牌子——所有的房屋都已被夷为平地了！也许在平日，谁都不会去注意，甚至会无视那块牌子，但在这一刻，那块靠在简易的防震棚栏杆上的党支部委员会的牌子却是那样的鲜红，那样的醒目！因为失去了亲人、房屋和财产的灾区百姓们看到那面党旗，看到靠在栏杆上的那块村党支部委员会的牌子，就可以找到温暖，找到亲人，就有了战胜一切灾难的力量！

飘扬在映秀天空的那面旗帜，和80多年前坐在草地上成立党的小组的三位女共产党员所持有的鲜红党证有着同一血脉啊。

也许，这就是我们这个今天已拥有8000多万党员的世界第一大党具有生生不息生命力的根本所在。

（2013年）

与外国政要的一次交往

2009年7月中旬，突然接到市上转来的自治区外事办通知：石嘴山市委党校准备接待一个来自阿拉伯国家的政党考察团参观考察，当时我正在党校任职。

说实话，刚接到这个通知时，我感到一阵阵地紧张——工作了几十年，还从未与外国人直接打过交道。从市上转来的通知中，我只是大略了解到：到访的外宾来自也门民主共和国，是一个由10名也门社会党中央委员组成的政党考察团，由一名社会党女政治局委员担任团长。通知中还简要介绍了也门社会党的基本情况：该党曾执政也门民主共和国，信奉社会主义理论。而我的职责是：做好接待也门社会党干部考察团工作，同时，准备一份汇报不超过十分钟的交流材料并作发言。

当时学校正值放暑假期间，在家休假的校领导及相关人员被通知到校，开始准备接待工作。由于时间紧迫，来不及考虑太多，但毕竟是第一次接待外国政要，本着"外事工作无小事"的原则，我们还是在有限的时间里将接待事项作了一遍又一遍的梳理。特别是在准备工作中我们注意到一个情况，那就是考虑外宾均来自阿拉伯世界，因此就特意约请市里懂阿拉伯语的专家在教学楼门前及会议室设置了中阿双语欢迎词。事实证明，这一安排取得了出乎意料的效果。

夏日里的塞上江南，正是风景宜人的好时节。7月20日，也门社会党考察团一行如期莅临。和想象中的一样，从礼宾车里先走出来的是担任团长的也门社会党女政治局委员，一位慈祥温和的老太太，她的身边紧跟着一位相对年轻的女中央委员。其他8位外宾全是男性，一眼望去，都是典型的碧眼长鼻的阿拉伯人。陪同外宾的还有中共中央对外联络部、宁夏回族自治区外事办的同志及石嘴山市的领导。将也门客人迎接到学校后，在与自治区外办领导的简短交谈中我才知道，也门社会党干部考察团一行原本赴新疆维吾尔自治区考察，由于特殊原因改为到访宁夏回族自治区，此前他们已经在银川永宁纳家户、中华回乡风情园等地参观考察，石嘴山市是到访的最后一站，考察点就是石嘴山市委党校。也门客人主要是希望了解中国共产党基层党校培训干部的情况。在简短的参观后，也门社会党一行客人被请到了会议室。没有过多的寒暄，座谈进入主题。先由石嘴山市领导简要介绍了石嘴山市的市情，随后由我代表石嘴山市委党校介绍情况。让我没有想到的是，我的发言通过来自中联部的女翻译用阿拉伯语向也门客人介绍后，引起客人们的极大关注。那位也门社会党女政治局委员以一种质疑的语气对我介绍的石嘴山市委党校已形成的"党校、行政学院、企业家学院、社会主义学院、讲师团"五位一体办学模式表示不解，其中对企业家学院、社会主义学院培训的对象尤其怀疑，并通过翻译反问道："难道中国共产党的党校还培养资本家？"我根据办学实践如实回答："我们的办学模式已基本涵盖了中国社会的各个层面，也就是说，中国目前社会的各个阶层都能够在中国共产党的党校找到自己学习进修的位置。"

我的回答应该是得到了那位女政治局委员的肯定。她在作答谢发言时，颇为动情地说："这次我们一行，从遥远的祖国也门来到中国，来到这所绿树掩映的美丽党校，这让我联想到我们也门社会党所办的党校。

你们的办学经验值得我们思考,中国的发展速度和发展理念令我们震惊。谢谢中国的同志们。"

整个会谈进行了近两个小时,而会谈的气氛并不像我想象的那样紧张、呆板。相反,来自阿拉伯世界的政党客人,他们的率性、直接给我留下了深刻的印象。在那位女政治局委员作即兴答谢发言时,我们并未感到答词有多么冗长,但来自也门一所大学的一位社会党中央委员显得很不耐烦,快到结束时,他竟然毫不客气地用手掌击打会议桌表示"抗议",引起大家一阵善意的笑声,而那位女政治局委员也毫不介意,只管自说自话,一点也不觉得自己的"权威"受到挑战,这大概也是阿拉伯世界民主的一种体现吧。

座谈会刚一结束,也门客人就迫不及待地簇拥到座谈会会场标有中阿双语的电子屏幕会标前拍照留念。我连忙通过翻译同志告诉客人,学校教学楼门前也布置了欢迎标语,可以在那里拍照,并且希望客人们与我们一同合影留念,来自也门的客人高兴地答应了。

欢迎午宴开始时,征得中联部及市委领导同意,我们向也门社会党同志每人赠送了一枚中国共产党党徽。这份特殊的礼物让也门社会党同志分外惊喜,那位女政治局委员把鲜艳的党徽抚摸了又抚摸,最后直接把党徽认真地佩戴在自己胸前,其他客人也纷纷效仿,这个插曲为午宴增添了一抹特殊的亮色。

还有一个小插曲令人难忘:在也门客人停留在党校大院等车去餐厅的几分钟里,我注意到,那位在会谈时击打桌面的大学教授同时还是一位烟瘾很大的烟民,他利用等车的间隙急切地过着烟瘾。但是,在上车的瞬间,他弯下腰,仔细地捡起了落在地上的烟头并用纸巾包着带上了车。这一细节,也被自治区外办同志看在眼里,自治区外办同志说:"也

门客人来宁夏一路都很随意,唯独在石嘴山市这所党校里,展现出的完全是个谦谦君子。"

哦,热爱环境优美的校园,热爱自己的母语,热爱自己的祖国——在这一方面,似乎永远是人类血脉相通的共同梦想话题。

(2013年)

美丽老家

　　新年伊始，远离老家陕西千里外的我收到由蓝田县委宣传部主管的一份杂志，心里别提有多美！特别是沉醉在这份来自故乡装帧精美、品位高雅的杂志里，那感觉如同身心直接融入故乡的山水之间一样，让人流连忘返。而能在新年之初有这样一份美好的相遇，还缘于刚刚过去的一年里我的故乡的一个看似平凡、实则超前的举措。

　　2012年3月，老家的县委和政府联合向遍及全国各地的蓝田籍人士发布征集"美丽蓝田，多彩西安"征文活动。由于种种原因，我是直到当年11月才从网上得知这一消息。尽管知之甚晚，但出于一位离别故乡三十余年的文化游子惦念故乡的拳拳之心，我仍然提笔为文，热烈响应这一活动。然而在与承办单位联系时却发生了差池，对方网页怎么也上不去。情急之下，我提笔给老家的县委书记写了一封信，并由近及远把自己近年回到老家的所见所闻和盘托出，其中不乏冒昧之言。信函甫出，我就心生懊悔：皇皇蓝田，人口六十余万众，作为一县之父母官，每天要面对多少县计民生的大事情，一介书生的劳什子，岂不让人贻笑大方。正在我懊恼不已之时，过了一个星期吧，竟接到了来自老家的电话，是县委宣传部领导打来的，这位领导在电话里再三向我说明，县委书记已把我的信函批转县里主管领导及有关部门，要求研究分析，并在相关工作中吸收采纳。这一番言语让我更加不安，而电话那端仍在一个劲地说着道歉和感谢的话。在这浓烈如甘醇美酒的熏蒸里,我又得到了一份美丽的相约:在有两千年文明历史的蓝田,一份专以蓝田游子为服务对象的文化刊物将展现在我的视野。由此,也就有了新年之初的那个美好相遇。

这又是令我多么自豪的一份美丽的期待!

翻开这份名曰《发现蓝田》的精美杂志,犹如在享受着一次令人无限向往的文化之旅。观其高度,不仅有主政蓝田的父母官们的执政理念诠释,更有因《白鹿原》享誉海内外的文化名人陈忠实的访谈。啊,直到这时,我才如梦初醒:原来,黑娃们与田小娥惊天地泣鬼神的爱恨情仇就演绎在故乡蓝田的土塬上!观其深度,不仅展示着两千多年县治历史的蓝田历史画卷,而半人半神的关中大儒牛才子、北宋即名声大噪的"蓝田四吕"让人怎能不顿生敬畏之心;观其广度,不仅回响着蓝田大地学子的朗朗书声,也有一行办刊人远赴几千里外的贺兰山下与扎根宁夏的蓝田籍游子共话故乡发展的殷殷话语……这其中又激发了蓝田游子多少壮怀激烈的情怀!在蓝田乡友银川座谈会上,父辈从蓝田飘零到贺兰山下,自己生在宁夏长在宁夏又自称"心硬"的王冬霞女士在谈到踏上故里土地的那一刻起,才深切感受到自己的根就在蓝田时,那一瞬间的盈盈热泪,令所有乡友为之动容。不仅如此,刊物开辟的一些栏目也让身在他乡的游子们成为故乡发展的参与者、建设者。如《献计献策》《爱心驿站》等等,而对故乡美轮美奂的旅游景点的系统介绍,又何尝不会向原本回归故里的游子在返乡只是探亲的同时,又多了一层享受故乡山水旅游的乐趣?

这就是一份杂志的美丽魅力,这就是一个具有两千年悠久历史的文化名县的美丽魅力!我的故乡啊,是终其一生一世也难以阅尽的人生大

书:人类始祖,三皇旧居;天子脚下,古哲先贤;名家荟萃,暖玉生烟;志士仁人,红旗漫卷。斯为蓝田人,有多少人生豪迈,诚为蓝田游子,梦里也是关中达人!

哦,手握一份来自故乡的美丽杂志,心里常驻的是永远美丽如初的老家,我想,我应该是一个幸福的人了。

(2013年)

师　者

师之言

1975年,陕西关中平原一座破敝的农村小学。一批五年制毕业生即将告别他们的小小母校,到公社中学读初中。他们的校长面对全校师生评价了这个毕业班学生的种种德行之后,突然指着其中的两个学生说道——

同学们,今后我们这所小学校可能要出一位数学家,一位作家。

22年后,被那位普通的农村小学校长"钦点"的两位幸运少年,一位从西南科技大学毕业后,在西安一家高能数学研究所担任研究员,成为一名数学家;另一位则远走他乡,在某大学取得文学学士学位后,不仅在文坛呕心沥血,出版了大量著作,成了一名作家,而且还担任起地方领导的重任。

对于小小少年来说,有时候,一句不经意的话语,可能会激励其一生的取向。

师之情

大学课堂上,年逾花甲的女教授给学子们娓娓讲授《安娜·卡列尼娜》。讲到动情处,女教授竟泪雨涟涟。台下,学子们在受到感染的同时,又不禁感到茫然:为什么一个异国作家描绘的爱情故事,会让白发苍苍的老教授如此动容?

学期终了。在谈论一年来感受最深的一门课业时,大学生们不约而同地认可:《安娜·卡列尼娜》给他们的印象最为深刻。

平心而论,在整整一个学年中,老师们所授的课业质量都是很出色的。所不同的是,那位女教授在给她的学生讲述知识的同时,也掏出了一腔浓浓的敬业之情。

不可小觑这一捧感情啊,十几年过去了,她的多少学生又在讲坛上把同样的感情传送给他们的学生。

师之德

毕业考试中,讲授古代文学的教授在监考中发现,平时学业优秀的某生,考试中竟然有作弊行为!盛怒之下,老教授一把将该生已经答完的考卷夺过,并当场宣布:考卷作废,成绩为零!

对某生来讲,这不啻于晴天霹雳:如果一门学业无成绩,毕业都将成问题,四年韶华将付之东流!但这又能怪谁呢?考试作弊乃是最为耻辱的行为,何况这事轮到他这个各科老师视为得意门生的学子头上。

挨过漫漫的等待毕业分配时间,某生竟惊喜地发现:自己已万念俱灰的那门学科竟然有成绩,而且分数不低,是82分。他的毕业分配不受影响了。

若干年后,已在工作中很有成就的某生从另一位教授处得知,当年那位教授在评阅他那份有了"水份"的考卷后认为,其实,不用抄录别的同学的一道小题,他的成绩也在95分以上。为此,这位教授找来了他的班主任。在了解到他确实是一个品学端正且学习异常刻苦的学生之后,一向古板的老教授,毅然破了例,给了他一个中上的成绩。老教授说:不能因为一点小小的错误就毁了一个人的一生。

　　谁能否认呢,已是社会骄子的某生,其荣辱曾仅仅系于一位老教授谨慎的宽容!

(2000年)

乡 村

一

不能轻易打开思恋乡村的门窗。

一旦钻进思恋乡村的湿漉漉的雨中,甜蜜的失眠就会潜入漫漫长夜。

麦子花,玉米花,荞麦花,一片片竞相开放,就像我素未谋面的恋人一样——美丽,多情,忧伤。

二

春三月,隐隐约约的贫寒让少年的梦想瘦小饥黄。至今,我沐浴在圣人的经典里,让思想展开腾飞的翅膀,可睿智的思维里,总抹不去儿时的创伤。

谁能知晓,我道貌岸然的容颜里,永远隐含着卑微的影子。

三

好年景,就是赠予父兄们最难得的恩典。

这时候,他们的笑容就和庄稼的颜色一样,饱满,充实,朴素,大方。

四

从乡村飞出的学子们,走在乡村的大道上,像一面面鲜艳的旗子。

在乡亲们的眼里,他们是乡村永远长不败的庄稼。

五

还记得吗,那个瘦弱的小小少年?豌豆花盛开时,红苕蔓儿长长时,旷野的高脚茅棚里,是我守着一片空旷,面对西天,做着白日的梦想。农事的簸箕将空瘪的我颠得远远。多少年后,我终于悟出,这是我至今都有一种可怕的失重感的缘故。乡村,是我走向人生的第一个驿站,乡村啊,也让我永世明了:背靠稼穑,幸福就会灼灼盛开。

六

节日是给孩子们过的。

记忆里童年的节日永远是那么鲜亮。新年到啦,有新衣,有压岁钱,有好多好多好吃的,也还有各式各样的花炮等着和小伙伴们一起去点响。

点花炮,那也需要鼓起勇气呢。

如今,即便是漫天飘舞的绚丽的焰火,能有儿时一个小花炮那样让人浮想联翩么?

节日,使记忆中的乡村永远富有童话的颜色。

七

年少会使一切苦难都变得朦胧失真,然而贫穷却像一只挣不断的风筝,死死缠绕在乡村的天空。

我贫寒而坚强的父兄啊,在如山的苦难面前,为什么至今让我回想起来的,却是你们那永远乐观豁达的笑容?

至今,我在一切艰难困苦面前,仍然能够秉承着谦谦君子的模样,我该叩拜如师一般的你们。在你们乐观善良的笑容里,阐释着一个永恒的箴言:面对贫穷,豁达是一种体验至深的幸福。

八

记忆从很远的地方聚在一起,在山这边,在山那边。如今,相聚更远,足以让我们在几十年的时光里,想着各自的往事。

伙伴,是最亲密的称呼。你说多好,心有一团火,你一半,我一半。这多像是在猜字谜。

归途遥遥无期。简单的字谜里蕴含着太多要倾诉的心事。

九

五月的鲜花和少年的心事一样,有一场淅淅沥沥的春雨就扑啦啦地开放了。

那些湿润的花朵,空灵无比。乡村的日子在少年的心中朗润起来。当然,卷起少年心中波澜的,还有隔壁婶娘家院里的一树青杏。

雨中,碧绿青翠的杏儿毛茸茸、湿漉漉地闪着青色的光。童年的阿娇偏不解少年郎,红红的小嘴含着一枚青杏。五黄六月里,那枚青色的杏子,就撩人哪。

至今,梦中萦绕着的那枚青杏,满含的仍是酸涩的清津。

十

袅袅婷婷的初恋,带着终生难忘的疼痛钻进来,铺满我的眼帘。思念被勒出一道道血痕。朴素的发辫就那么一绞,便无情地绞断了我对天下好女子的眷恋。

从那以后,风花雪月的故事于我全是一片黯然。

不能,不能再奢望。青梅竹马,灼疼了我整整一生。

十一

在异乡。

异乡是一把锥心刺骨的利剑,让游子常常在不经意间受伤。

在异乡,无论有多伟岸,在乡情这面镜子映照下,一切都是那样的渺小和卑微。

时光有多久,对故土的思念就有多长。

直到有一天,游子才恍然明白:儿时的乡村才是游子目可触及的地平线上的永远的风景。

十二

蛰居在北方一座偏僻的城市,几十年了,两千里外的乡音,仍难适应这里的水土。人群中,无论怎样地字正腔圆,仍有熟悉的笑容一拍肩膀:瞧,又是一位秦人。

乡音啊,也同血脉一样,无论风霜雨雪,无论岁月轮回,永难弃舍。

十三

乡村的歌谣,定格了游子终生追求的旋律。

多少年了,什么风都刮过,什么雨都下过,而我在乡村练就出的歌喉却朴素如故,一如乡村田野上经风见雨的玉米高粱。

贫寒朴素的乡村啊,游子奉献给你的,是唯有三驾马车也拉不走的眷恋。

十四

永难想象,没有了关于乡村的记忆,我贫寒的诗行里还会有多少养分。

想起乡村,我浑浊的目光能够纯净如水;

想起乡村,我空乏的大脑就会灵光四溢;

想起乡村,我单调的生活丰满而又清新。

乡村,成为我生命中的十月,永远是收获的年成。

十五

打开思恋乡村的门窗,乡情、乡思、乡音纷纷启程。在城市练就的矜持、冷漠、孤傲瞬间全乱了阵脚。日历上的星期被赶得无影无踪,装满心田的是夏了,秋了,或是冬了,盈满视野的不再是谁人的眼色。

在乡村,庄稼的颜色对谁都是一种接近宗教的阐释。

十六

绵绵不尽的雪花,大片大片地扑面而来。它会让冷酷的心肠湿润绵软,会给游子的脚印铺上一层洁白的泥泞。

冬,是乡村最寒冷也最温暖的时节。

寒雪一场场纷至沓来,浸润着乡亲们的一个年节的记忆;

游子一茬茬次第而归,每一个脚窝都空灵无比,盛满了乡村的欢娱。

十七

一道厚厚的门帘。门外,是漫天飘舞的雪花;门内,是热气蒸腾的老屋。灯光里,永远是那么柔弱昏暗的光线。多少年了,那柔柔的光线,竟然一丝也没有减弱,一想起家园,那柔光就直刺我的眼——

那柔色的光晕,成了游子永世思恋故园的底色。

十八

不能轻易打开思恋乡村的门窗。

久居城市,脚底下再难沾上乡村的泥土,心壁上长满了世俗的厚厚的苍苔。可我是一个农民的儿子,在城市的高贵和尔虞我诈中,我像一块冰冷而又顽固的石头,撞击出的火花,也能迸发出小麦和玉米的清香。为了心灵的宁静,我虔诚的思想里浸润着乡村永恒的钟声。

十九

遥望乡村,思恋乡村,神往乡村!

岁月徜徉,硬是把这一份思恋升华为神圣的念想。盘点这浑浑噩噩的半生,在我为数不多的虔诚里,乡村啊,永远像一面迎风招展的旗帜,岁月愈是久远,对你的记忆愈是历久弥新。

这份思恋会一直深深地植根于我的生命之中,直到地老天荒。

二十

打开思恋乡村的门窗,经经纬纬,都是我用时光与泪光编织的关于故乡的心事。

(2013年)

家 园

家 园

家园,盛满我一辈子的感恩和怀想。

那几间古老的瓦屋,一方小小的院落,百十步就可以丈量过来,却丈量不尽我懵懂的少年时光。

院落里有棵古槐,因为久远,里面枝枝杈杈,曾栖息了我多少解不开的谜。如今,还会让哪个少年仰面发呆么?

古槐下的那方石凳,连着古槐根下厚厚的青苔。老人们老掉牙的故事,曾让我和小伙伴们多少次痴在里面,跑不出来!

院落北面的那一角,也有我童年的秘密。每到大人们劳作的时候,那院角总会种着我偷来的玉米种子。一天,两天,三天,玉米叶儿伸出地面了,一片叶子,两片叶子,三片叶子……就那么长着,直到成为鸡娃们刨食的美餐。

如今,远离家园多少年了,总觉得在那里撒下什么种子都会落地生根,包括我这离别了几十年仍绵绵不绝的乡情。

窗 棂

家园有许多永恒的标记。母亲就着如豆的灯光缝缝补补的剪影,贴

在窗棂上。

尤其是在秋夜深深的时候,忙了白天的母亲,还要忙晚上。老的小的伺候停当了,一转身,又拿出娃儿的棉袄,老人的鞋底。缝着,纳着,一根细线线,能把秋色深深的夜晚,拽得绵长。

尤其是在大雪封门的冬日,从黄昏到夜晚漫漫时光,母亲头都难得抬一下。冬闲?母亲一笑:日子就在身后撵哩,闲着,心里更慌。

家园啊,那映着母亲慈祥身影的窗棂,在漫长的夜晚里,总是熬得红红的。

年年岁岁,那方印着母亲辛劳身影的窗棂,总在给我的家园遮着风,挡着雨。

春 节

把一年里最愉快的笑容堆在脸上;
把一年里最鲜艳明丽的衣裳穿在孩子们身上;
把最吉祥的祝福用大红纸贴在门边上;
把一年里数不清的辛劳埋在心上。
跨过无数个下雪的门槛,春节就这么喜气洋洋地来了。

天性不喜欢张扬的故乡人,唯独在一年一度的节日里,却用大红大绿,用欢声笑语,用擂得天响的鼓声,用踩得神乎其神的高跷,来迎接这个红火的节日。

就这样,在春节,在世世代代本本分分做人的故乡,这几天却顽强地生长着轰轰烈烈,是故乡人把一年里的热血劲儿都积攒在这一刻了吧!

母亲们知道,脸上的笑容会给一年里带来吉气呢。

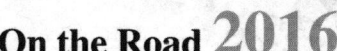

孩子们知道,身上的新衣裳要装点一年的日子呢。

岁岁年年,故乡春节的名字就这么一直亮亮的,没有一丝阴影。

春三月

春三月,是快活的春节结束的时日。

春三月,是离收获季节最远的时日。

春三月,往往是饥饿的阴影蚕食我的故乡的日子。

春三月,是我的故乡艰难耕耘的时日。

父兄们没有片刻的消闲,他们没明没黑地辛劳在田野里;母亲的身影穿织在屋里屋外,脸上有时偶尔露出一丝丝笑容,也是在安慰着疲惫的父兄,装饰着清冷冷的春三月。

那时候,故乡春三月的渴望最长最长;

那时候,故乡春三月的形象最为凄惶。

如今,故乡的日子是宽裕了。

可是,无论何时,我都最害怕看到母亲那勉强的笑容。无论走到哪里,我也不敢忘记耕耘的日子。

小河流出我的故乡

故乡是从这条小河里打捞出来的,故乡是从这条小河里生长出来的? 不知道,只是听说,打从有了这条小河,就有了岸边星星点点的小村庄,就有了我日思夜想的故乡。

垒屋的土坯是河水泡制的;

屋檐的檩条是从河边砍伐的;

田里的庄稼是河水浇灌的;

庄稼人的梦里,也一定有小河水流过。

如今,连故乡人办工厂,也需要这河的抚育。

小河啊,萦回在故乡的角角落落。

多少年了,故乡的小河一直厮守着故乡的土地和她的子民。

多少年了,每每忆起故乡,翻腾不息的还是那条似母亲柔肠的弯弯小河。

哦,多少年了,我的故乡孕育出多少热恋故土的后代。多少年了,我对故乡的回忆,永不干涸。

那一年

那一年,我十六岁。

十六岁的我,第一次远离故乡。远离故乡的我,心里却充满了幸福和甜蜜。我的性情好奇怪好奇怪,只盼着离故乡越远越好。

西去的列车把故乡远抛在天边,西去的列车把我远抛在天边。我只知道故乡远了我就突然长大了,却不知道离浓浓的乡音远了,离母亲温暖的爱抚远了。

那一年,我才十六岁。

离开故乡多少年多少年后,我才尝到了离开故乡的滋味。

我才尝到了远的滋味。

如今,哪怕是一句轻轻的乡音,也令我留恋万千,也会徒增我做人的精神。

你的笑容

你又收到来信了,来自遥远的故乡。

一定是信里有什么好消息,一定是你的亲人安康的喜讯,一定是你的好友事业有成的佳音,一定是发小娶到了心仪的姑娘……总之,这封来自你家乡的信儿让你的脸庞洋溢着甜蜜的笑容。

真的感谢你呀,朋友。

不,我感谢的是你的笑容,你的笑容牵动了我思乡的亲情。

你的笑容和我的笑容一样,都有各自故乡的影子。

落雪时节

一朵雪花,一个游子,
一个游子,一朵雪花。

不要你春,春有耧耙把希望种下;不要你夏,夏有新麦悠然飘香;不要你秋呵,秋有遍地稻谷溢满金黄。

唯有这冬,这苦寒似冰的冬天,故乡才更渴望游子的身影,游子的音容。唯有这冬,人世间无数瞳孔才更会织满焦盼。

哦,游子,你是故乡人春天耕耘的耧耙,夏天的头场新麦,秋天黄澄澄的稻谷呀——

你是亲人们收获的最后一茬庄稼。

思　念

你说，对故乡的思念是一种美好的享受。

那么，你对故乡的思念是在什么时候，是在漫长的寒冬里吗，是在孤独的冬夜里吗，还是在人生道路上遇到坎坷的时候？

你忙摇摇头，使劲摇头。

你说你不愿在痛苦的时候想到故乡，你说你更愿意在生活幸福的时候，更愿意在亲人团聚的时候，把一腔思乡情尽情倾吐，你说——

对故乡的恋情，是连一点点阴影都不应有的。

我在北方

北方的高原，没有雨的记性。

多情的雨都向低处流了。裸露出一片无雨的高原。

春天是雨水泡大的，无雨的高原并不愿意拖累春天。因此，在高原，春天没有多少气度。在高原，许多属于春天的事物，都纷纷改换门庭，加入到夏的行列。

我在无雨的高原，高原养育了我。所以，我不是水，我没有向低处流的本事。

我没有水的柔滑，我没有水的乖巧。

我想嘛，既然高原养育了我，既然这块土地赋予我高原人的血性，我最忌讳的就是生命的血管里渗入水的成分。

在无雨的高原，在春天都不愿多待的地方，连我这样纤弱的生命都能倔强生存,我深深相信——

在高原,什么绝望的事情都会绝处逢生!

(荣获2013年蓝田县委、县人民政府"美丽蓝田"全国征文优秀奖,收入《美丽蓝田多彩西安获奖作品集》)

母亲教给我的道理

母亲是典型的家庭妇女,目不识丁,却是她上过大学、著书立说的儿子的第一任老师。我的母亲给我最大的人生启迪,就是她老人家用言传身教给我灌输的一个道理:要做一个对社会有用的文化人。

在我少不更事的童年,父亲便撒手人寰。当时,母亲一个妇道人家,没有文化,又举目无亲,就作出了在后来许多年里都后悔不及的决定:从我父亲工作过的宁夏举家迁回千里外的陕西农村老家。

20世纪六七十年代的关中地区,贫穷像阴霾一样死死笼罩在人们的头上。那个时候,有男劳力的人家尚且难以度日,我的母亲带着三个年幼的孩子,生活的艰辛非常人所能想象。母亲为了不让膝下的三个孩子遭罪,硬是年轻守寡,含辛茹苦把我们兄弟带大。亏得我的母亲和我们兄弟还有国家给予的一点抚恤金。母亲就是在这种情况下把一家四口的生计担在肩上。母亲的能干在我们老家的十里八村都是出了名的。除了和男劳力一样下地干活挣工分,母亲在农闲时纺线、织布、浆洗衣裳,还养了几个猪崽,育肥后卖钱。在那贫寒如影随形的日子里,每每夜到三更,家里的织布机还在哐当哐当响着。那响声几乎一直伴随着我们兄弟整个的少年时光。

吃尽没有文化的亏,母亲在我们兄弟几个上学的问题上,从没有打过任何马虎眼。在老家村子里,家庭条件好过我家的比比皆是,中途辍学回家的农家子弟依然不少,唯独我们家兄弟三个都上了学,后来还都成长为国家干部。这在当时那种条件下无异于异想天开,我的母亲却以非凡的毅力坚持了下来,但这也使她老人家遭尽人们的白眼。每年开春学校开学报名的时候,就是我可怜的母亲愁苦的日子。为了筹集我们兄弟的学费,母亲都要向亲戚友邻借个遍。有一次,为了到姨家借十块钱,我和母亲走了二十多里路。到了姨家,母亲先是上锅灶帮姨家忙前忙后做饭,吃饭时又给我使眼色说我们是吃过饭来的。母亲为了孩子上学的学费,在亲戚面前低三下四的窘况,那个情景几十年过去了,至今仍挥之不去。

　　母亲没有文化,却把我们的学习看得比自己的命还金贵。我们给母亲最大的回报,就是每到学期期末领回一张"三好学生"的大红奖状。在我们一贫如洗的家里,那鲜红的奖状就是最醒目的奢侈品。记得在我上小学五年级时候,有一次因为作文优秀,被选拔到在全公社教育大会上为几千名学生作示范朗读,村里人告诉我的母亲,啊,我终于看到身板挺得直直的母亲原来也是那样的伟岸!

　　为了不辜负母亲的期望,我珍惜一切来之不易的学习机会,甚至到了痴迷的境地。在上大学四年中的几个长长的暑假里,我都是在几乎空无一人的校园里度过,为的是把图书馆有用的书籍读遍。大学二年级时,我就开始在省报发表文章,26岁时,出版了第一部散文诗集。我铭记着母亲说过的话:勤能补拙,勤能立身,勤能活人。参加工作后,我把所学知识用在工作中,同时,结合所长,笔耕不辍,著书立说,服务社会。有了自己的家庭后,我在支持孩子发挥自己的专长的同时,还尽己所能,为老家的山村学校捐资捐书,开展助学活动。我脑海里永远铭记着母亲那伟岸的身躯——

　　目不识丁的母亲啊,在用她那一生的辛劳和言传身教,让她的儿女时时不敢忘却:要感恩国家,要做一个对社会有用的文化人。

(2015年)

你就是那个梅

一

是的,你就是那个梅。

在我奔走了多少年,遭遇过多少冷眼,经历过多少苦楚,且只得埋首于冬雪纷飞的时令后,你在不经意间,映入我的眼帘。

只是轻轻的几点红意,我那个苍白的日子便一片丰盈。

说真的,在这个季节,该红的早已红得发紫,该绿的早已浓翠滴尽,该黄的也早已谢去富贵颜色,这世界哪能总在一片大红大绿中走过?

我没有别的奢求。

但你还是出现了。只那么轻轻巧巧的一笑,便让我那可怜的孤傲如雪水一般汩汩渗入原野,便让这世界尽失颜色。

原来,这人世竟有如此传奇,竟有如此令人流连惆怅的尤物。原来,我一生的苦苦追求都没有悔啊!

是的,你就是那个梅。

假如没有你,我还将有多么久远的期待?

二

是的,你就是那个梅。

多么庆幸有了这个念想。我终于能在暴风雪呼啸的日子里，停伫疲惫的步伐了。我那孤寂的心房，不能没有一扇温暖的窗户吧。让我在你那红红的笑意中，在你那轻轻的步履中，合拢双目，静坐敛心，把欲求冷峻成茫茫丘壑。

我该有悟性了：在你和这世界组成的图腾中，我难掩一脸沧桑的羞愧；在你那灿烂的笑意里，我当深深思索：这半生，究竟为谁所爱，为谁所累？

我该明白了：雪尽后是春色，你尽后万花开。可那时是连草芥都能争芳斗艳的时令，它们谁都知道：雪中极品，唯有你！

是的，你就是那个梅。

假如没有你，我宁愿让那个季节空白成一世纯洁的颜色。

三

是的，你就是那个梅。

但让我还是走吧。我有什么资格厮守在你的身旁，尤其是面对你那坦然的笑容？在这世界上，我命中注定要与道路为伴，无尽的跋涉便是我的家园。

我知道，你是真女子，在你香气四溢的芬芳中，只会让我更加羞惭。我知道，在这四周寒气逼人的节令，纵使我一个七尺男儿，也高不过你红艳艳的笑容。

只有我在拼搏的途中，当荆棘划破我的双手，当虎豹豺狼向我突袭，撕裂我热血胸怀的时候，我一颗沉重的心才会轻松如许。你看，那身后滴在雪途上的血迹，不就酷似你的颜色，你在吐红芬芳的时候，是面对雪原,笑声朗朗的啊。

那么,就让我把你的笑容珍藏在我空空的行囊中吧,让我远行,至海角,至天涯,然后,仍割舍不去——你就是那个梅。

假如没有你,一生一世我只有面对雪原。

(选自2015年《宁夏诗歌选》)

记得当时年纪小

——30多年前的一段珍贵往事

1983年5月间的一天，忽然得到通知：学校为大学生举办一次文学讲座，邀请的主讲人是著名作家张贤亮。一时间，整个校园沸腾了。全校的学生不分文理科，大家都在谈论着、期盼着这一天的到来。这里面当然还有一位曾经把文学当成崇高追求的学子——当时的我，一个刚刚20岁的中文系三年级学生。

现在的人们很难相信：在20世纪80年代之初，文学、文学家，是令人无限敬仰的名词。而刚从22年牢狱之灾涅槃重生的张贤亮，几乎是在一夜之间像"大风歌"一样凭借着他的《四封信》《邢老汉和狗的故事》《灵与肉》等名篇从西北边陲的宁夏冲向中国文坛，其影响力几乎到了让籍籍无名的宁夏和宁夏人瞠目结舌的地步。"宁夏出了个张贤亮！"著名评论家阎刚的一句评语让宁夏人豪气倍增。对于身在宁夏的莘莘学子，我们对张贤亮先生的崇拜自然也是如痴如狂。如今先生莅临宁夏大学，怎能不令我们激动万分呢。

那天下午二时许，先生在一众人的陪同下来到宁夏大学中文系阶梯教室。平时能容纳五六百人的阶梯教室足足涌进了近千人！连过道里也是慕名而来、席地而坐的学生们。教室的黑板上用白色的粉笔醒目地绘写出"文学家与文学青年讲座"几个美术大字。面对如此空前的热烈场面,先生似乎已经很习惯了。记得他先说了一些感谢校方的客套话,然后话锋一转,提出了一个富有挑战性的话题:"今天,如果哪位同学的观点触动了我,我会送他一本我的著作。"很显然,这句话一下子将本已热烈的气氛再次燃到了沸点。青年学生们兴奋莫名,跃跃欲试,都想与大师进行一番交流。但是,慢慢地,大家感觉到是来自校方的主持人在安排着程序。一个又一个学生发言后,让人感到兴味索然,特别是当一位青年学生近似谄媚地倾诉出"您是中国的巴尔扎克时"时,先生有点茫然地看了看这位发言者,微笑着摇了摇头,随后,谈起了他对《资本论》的理解。时间一分一秒地过去了。这是我心中的文学大师张贤亮吗?在一位发言者刚刚说完的间隙,不知是哪里来的一股子勇气,坐在距主讲台靠前偏右的我站了起来,说了以下的话:

　　尊敬的张贤亮先生,今天,我们是怀着无比敬仰的心情与您谈谈文学的。但是,前面发言的同学所谈的一些观点,我不能苟同。我说两点,一,建议将今天讲座的主题改变一下,不应该叫"文学家与文学青年讲座",而应该叫作"哲学家与文学青年讲座",因为您和我们谈的大多是《资本论》话题;二,您现在还不是中国的巴尔扎克。因为您目前的作品,无论是《邢老汉和狗的故事》,还是《肖尔布拉克》等等,都有着太多苏俄文学的影子。如《肖尔布拉克》就明显有着《我的包着红头巾的小白杨》的痕迹。但是——

　　说到这里,拥有近千人的阶梯教室已经人声鼎沸了。平时谨小慎微的我不知哪里来的胆量,在大家都屏声静气时,继续着我的表达:

　　但是,从您近期的计划和已经发表的《唯物论者启示录》系列开始,我认为,您将会成为中国的巴尔扎克!因为,从刚刚拜读您"启示录"之一的《绿化树》中,我看到了中国的巴尔扎克的表达方式,例如在描写爱情中,外国的巴尔扎克会用"我的夜莺"之类文字来表述,而您笔下的主人公则尽可以赤裸裸地大唱"阿哥的肉肉",这就是中国的巴尔扎克表达方式。我们坚信:随着"唯物论者启示录"系列的出世,您一定会成为当之无愧的中国的巴尔扎克。

在一阵阵的欢笑和掌声中,我结束了自己的发言。直到落座,我才感到一阵阵的紧张,乃至于先生通过话筒询问道"你是谁?"时,我开始结巴起来,直至先生说到"我要送你一本书"时,我就更慌乱了,连忙摆手道:"不要,不要。"

这个不伦不类的回答让先生也不禁为之愕然:"为什么?"还好,我在慌乱中说了声:"不敢,不敢。"

至今已31年过去了,书文至此,彼时情景,如在昨日。仁慈的先生啊,您可知否,当年的那一个莽撞的年轻人,随着岁月的流逝而内心怀着多深的歉疚?是的,尽管是年少气盛,尽管是学术之争,但这都不是一个青年学子不懂礼数的借口。在以后的岁月里,我曾无数次地希望着能够找到一个机会,当面向心中敬仰的大师道一声歉意。及至几年后加入由先生担任主席的宁夏作家协会,也曾因此努力地多次以作品荣获宁夏诗歌大奖而前往,但都因种种原因未能与先生谋面。如今,听到先生仙逝的消息,忆及与先生唯一的这一次刻骨铭心的交流,不禁惆怅莫名,潸然泪下。

啊,那本留着先生亲笔签名的《河的子孙》呢?它曾经是那么温暖地陪伴着我在黄河那边的小县坚韧奋斗着。我也相信,我的年少时的那一次与先生的莽撞经历,会像一剂永不失效的苦口良药,治愈着我历经世事而日渐残缺的心殇。

(2014年)

白鹿原上那片天

三年前的八月,远在故乡陕西蓝田千里之外的我收到一份意外之喜:文坛巨匠陈忠实先生委托友人向我转来亲笔签名的《白鹿原》。先生那苍劲的字体,之前在故乡的一本人文刊物《发现蓝田》上有幸目睹,现在,又一次看到这熟悉的笔迹,令我激动不已。而得到这份意外之喜,于我来讲还有一段缘分。

2012年,在我的故乡——人文历史厚重的千年古县蓝田,由县委、县人民政府面向全国的蓝田籍人士开展了一项征文活动。在此期间,我与故乡的《发现蓝田》杂志有了接触。说来惭愧,我是通过这本杂志上对陈忠实先生的专访才知道,在老家自幼仰望西边与天际相合、乡民口口所传的"原上",竟然就是一代文学大师笔下演绎的风起云涌的史诗般的白鹿原!蓝田,古时又称"滋水",因县境内有一条著名的河流,即谓滋水。后"秦穆公欲彰霸业,遂改滋水为灞水"。陈忠实先生《白鹿原》中"滋水县"即出于此。在以先生口吻为题的《这里令我震惊的事,太多了!》的专访里,有比较明确的介绍。当年,为写《白鹿原》,陈忠实先生在蓝田县档案馆一住就是三个多月,翻遍了清末举人牛兆濂编纂的《蓝田县志》,而书中唯一有生活原型的半人半神的朱先生即关中圣人"牛才子"。也就是在深谙蓝田民风民俗的基础上,先生又进一步了解到,蓝田,关中,乃至陕西20世纪20年代的农民运动,其规模之大、怒火之烈,不亚于同一时期的湖南农民运动！其中诞生的陕西最早的党组织之一——中共蓝田支部，还有出生在白鹿原东南的蓝田安村一个富裕的地主家庭，从小就有叛逆性格最后又走上革命道路的女共产党人张景文（一说即是书中白灵的部分原型），她那短暂而又辉煌的一生，都无不深深震撼着作家的心扉，还有那诞生于蓝田传承千年的"乡约"民规，由此也为先生笔下展示出一部波澜壮阔的民族觉醒史诗提供了丰富的生活源泉。正是这种血肉相连的文脉人脉，才使一部皇皇名著与蓝田山水密不可分。

  白鹿原，位于陕西省西安市，地跨长安区、灞桥区、蓝田县两区一县的灞河、浐河之间，东起点与蓝田篑山相接，西到西安和长安，南依秦岭终南山，北临灞河，居高临下，是古城长安的东南屏障。因传说周平王迁都洛阳途中，曾见原上有白鹿游弋而得名。汉文帝灞陵位于原上，故亦称灞陵原。又因处在起源于蓝田玉山、逶迤奔向古长安的灞水之上，故又称灞上。而陈忠实先生早期生活的地方，就在距白鹿原不到几里地的灞桥区西蒋村，一个南倚白鹿原北临灞河的小村落，与蓝田交界。20世纪80年代中后期，在遍查历史资料、开展社会调查、研读中外相关名著等前期准备后，当时就已在陕西文坛久负盛名的陈忠实先生告别繁华都市，作别老伴、女儿，只身在西蒋村的祖屋开始了他的艰苦创作。用先生的话说，要在养育自己的这一方故土上，向世人献出"垫棺作枕"之作。四年后，当年栽种的梧桐已绿树成荫，《白鹿原》也如一棵枝叶茂盛、葳蕤光辉的参天大树，傲然屹立于中国文学之林。

  正缘于植根深厚的生活泥土之中，《白鹿原》才具有着无限的艺术力量。迄今为止，《白鹿原》已印行愈200万册，畅行不衰，创造了中国文学史上的奇迹。特别是在1997年荣获第四届"茅盾文学奖"及2012年影片《白鹿原》热播之后，我的故乡白鹿原也成为世人关注的一方热土。地方政府不失时机地抓住这一契机,充分挖掘白鹿原深厚的文化底蕴,先后建起了白鹿原文化影视基地、白鹿原民俗村等文化设施,电视剧《白鹿原》也在原上开机,千年白鹿原正在散发出它那独特的人文魅力。

带着惭愧的心情,我将思念故乡的感情融入笔端,在《美丽老家》一文中热切表达了对打造"人文山水蓝田、西安东部新城"的家乡的敬仰之情,包括对孕育在这片热土上的皇皇巨著《白鹿原》的认知。不仅如此,在随后的对故乡发展的建议中,作为一名远离家园的文化游子,我热切期盼家乡的党委、政府能够在开发和保护人文历史方面提供更多的政策支持。这些建议也得到家乡县委、政府主要领导的充分肯定,家乡的县委书记亲自回信说已将建议批转相关部门参阅。同样,这些建议也受到十分关心蓝田经济社会事业发展的陈忠实先生的关注,对于我的绵薄之言,先生在欣喜之余,慨然提笔书赠于我,以兹对一个文坛后人、更是对一个期盼家乡发展的文化学子的殷殷鼓励。

对我来讲,先生书赠《白鹿原》,还有一个更为巨大的收获,那就是在这部史诗般的历史画卷中,我更从中汲取到滋养生命的琼浆。

可不是吗,捧读《白鹿原》,少年时耳濡目染的生活场景,关中乡民独有的风俗,还有那些特定的语言环境,不时地展现在眼前,有一些词汇,在脑海里扎根几十年了,只知其意而不解其字,在先生的书里,我找到了。啊,这是多么奇妙的一种享受,特别是与老家相距几千里外的游子!那种感觉就像一个婴儿在懵懂中含到了母乳,就像在寒夜里见到了温暖的火光。这时,我才真切地感受到,无论是与故园相距多么遥远,无论是两鬓已添华发,而那些沉淀在生命最深处的记忆之花是永远不会衰败的,只要遇到春风,遇到阳光,遇到养分,它们就会灼然生长,势不可挡!他藏于书中,活在人们的心里,这也正是文化的力量!

还记得吗，先生啊，您的如椽巨笔下塑造的那个白鹿精魂白灵，她传奇而短暂的一生，曾是那样深深地震撼着人们的心灵！还有白嘉轩、鹿子霖、朱先生、白孝文、黑娃、田小娥……等等鲜活的人物，他们在厚重敦实的白鹿原上，是那样的栩栩如生，触手可及。您引用巴尔扎克的"小说被认为是一个民族的秘史"作为引言，又怎么能不导引着人们一同理性地思考我们这个民族的苦难历程？在创作《白鹿原》时，您曾说过："我想给我死的时候写一本垫棺作枕的书。写一辈子小说，到死的时候如果发现没有一部能够垫棺作枕的书，好像棺材都躺不稳。"今天，虽然您已离我们而去，但您对一个民族生存发展的执着思考，还有您那视文学为生命的执着精神，给后来者留下了多么丰富的启迪？白鹿原上的那片蓝天，会永远镌刻着先生的不朽巨著，叮咛着一个民族安妥地走向明天。

（本文系为纪念文学大师陈忠实先生而作，分别刊于2016年5月《华兴时报》《石嘴山日报》及《蓝田宣传》等）

写给沙湖

一

是谁翻开了沙湖的第一页？

千百年来，你温软恬静地躺在银川平原一个美丽朴素的角落，风，奈何不了你，雨，奈何不了你，雪花飘来，一半给水，一半给沙，风霜雨雪无法改变你儒雅沉静的仪态。直到有一天，一双充满睿智的眼睛在你面前停伫了，就像一把智慧的灯盏，在长风熄灭之后，一下子点亮了自己的黎明。

二

其实，透过岁月的阴霾，我知道，这里一定曾经遗落过一个关于沙与水誓不相容的厮杀故事。最初，流沙肆虐，横冲直撞，不可一世。洪水实在看不惯，要与蛮横的流沙一比高低。于是，它们纠缠在一起，拼杀在一起，沙掩水，水冲沙，拼搏了许多年，互不相让。直到有一天，沙说，我累了，我不和你计较了；水说，我乏了，不和你争高低了。然后，它们互相退了半步，拥挤着，喘息着，舐着自己身上的累累伤痕，各自低下头，沉思默想。

一直想到今天。

相信么，这里真的曾经发生过这样一个让人断肠的凄艳的故事！

三

如今，这里的沙丘是柔美的，这里的湖水是柔美的，大自然中永世作对的一对冤家，终于尽释前嫌，朋比为邻。

湖水中，芦苇尽情生长，各种鱼虫尽情繁衍，万千鸟儿尽情飞翔。沙丘上，骆驼的眼里隐含着风暴的影子，飞快的滑沙板传出欢娱的歌声。沙丘里的茅棚尽可以高居其中，而不惧怕被流沙掩埋。

难道这一切都是缘了沙与水那化干戈为玉帛情怀的启迪？

四

游人，你可是追随着美妙的歌声，孜孜不倦地行走到这里？在这里，你会沉浸到诗意一样美丽、哲理一样深刻的境界里的。在这里，一捧温软的湖水会使你了解到生命的苍凉，一捧明净的沙粒会使你领悟到时光的永恒，一棵碧绿的苇草会使你感受到爱的力量，一只飞翔的小鸟会使你满怀对生活的感恩。

不信，你看那湖边，那沙丘上连绵不断的脚印。你问问这些脚印，它们都在追寻什么？

五

历练这山水拼成的故事之后，不会没有发现，和其他有名无名的山水一样，沙湖，多是都市人群的老家。打开这一扇门，透进田园的蛙声一片。水光潋滟中，是一张张城市旅人疲惫的脸。

真的，你看见了吗？来这儿踏歌的人潮中，有几个山野农夫？

久居钢铁水泥铸就的森林，连鸟儿也会对山水变得如饥似渴，文明

的人群中,怎么能不生发出声声呼唤:有山有水,便是莫大的幸福。

人们啊,在挥霍了一切物质之后,才知道,无论多么心高气盛,也永难走进一方山水写就的江湖,何况在这一片摒弃了千古恩怨的江湖。

六

不容你争议,不容你怀疑,你得心悦诚服地承认——

这里的艺术大师是水,是沙,是它们经年不懈地雕刻,才幻化出今天这般人间仙境。

因此,我们有理由相信,越是化腐朽为神奇的地方,越是有无数个神话,也越是能让凡人不凡,让普通的事物衍生出无数美丽的联想。

沙湖啊,盈盈一湖秋水,脉脉一袭黄沙,惟因相互偎依着,才彼此赋予了对方无限的灵性。

相信吗,在这灵性的沙水中,连那些古稀的老人也能感到自己像个翩翩少年。

七

反复洗涤灵魂和欲望之后,抵达你的身旁。

生命不就像你一样吗,沙湖?自从你向世界打开第一页起,多少年来,多少人不远千里万里,迢迢而来,迢迢而去。仅仅是在游山玩水?脚印转瞬即逝;仅仅是在猎艳捕奇?身影刹那消失;仅仅是在阅读风景?情趣风流云散。你的书页上,写满了生命的语言,白天黑夜,等待智者去破译解释。

来到这里,我能不恍然有所彻悟:是谁点亮了羁绊我半生前行的暗夜的灯盏?

八

其实,哲学的沙湖就在我蛰居的城市身旁。多少年来,傲慢与偏见把我和你阻隔得如此遥远。今天,来到你的身旁,才知道我是度过了多少伤心的历程才抵达你的面前?

低头静静凝视着这泓湖水,沙湖,你映出我羞愧的面容了吗?仰望那一片连绵的沙丘,沙湖,你看见我敬慕的神情了吗?噢,沙湖,我知道,在我步履艰难的旅程中,是你给我放了一次长假,让我沉浸于人生的长思短想。

九

或许,我只是一个匆匆过路的旅者?

可我的身体分明感受到一种无法拒绝的温暖啊!可我的灵魂分明感受到一种无法躲避的洗濯啊!

我分明感受到了一种渴望和怀恋。我会把这种感受珍藏进我空空的行囊。我知道,在今后的人生旅途中,当遇到怎么解也解不开的疙瘩时,当走到山穷水尽时,当遇到灭顶之灾时,或者当走进一片阳光灿烂的花地时,或者在万难之中遇到好心人帮助时,我都会把你从行囊中,从记忆的深处翻捡出来,晾一晾,晒一晒,让它永葆迷人的清香。然后,伴着我,前行。

沙湖,告诉我:人生路上,还有多少这样的王牌景点,等我去虔诚地孜孜探寻?

(收录于百度网《我的沙湖》读本)

圣湖颂
——写给星海湖

湖　语

当我从黄河与贺兰山交汇的地方慢慢沁出的时候，当我从肥沃的泥土中渐渐渗出的时候，当我随着汹涌的山洪奔泻而至的时候，当我随着乖戾的暴雨凶猛地涨起来的时候，我没有奢望过能有一个美好的归宿。在世俗的目光中，我只是徜徉在宁夏平原的一曲并不婉转的歌谣。

当我知道，有一天，一双慧眼发现了我，青睐了我，使我成为一个美丽城市的伴侣的时候；当我知道，我清澈的容颜能够靓丽万千鸟儿身姿的时候，一种圣洁而崇高的使命，是那样深深地震撼着我的心房。

虽然有着历经磨难的行程，虽然有着难以忘怀的光阴，但我不曾记得拼搏的艰辛；我爱的回溯与情感的升华，是在用温暖的水声激荡生活；我满腹滚烫的千言万语，是在用金黄的丰收照亮田野；我双眼蓄满深情，是在彼此久久的期盼里，让清流激荡那些永载史册的记忆。

鹤翔谷，新月湖，声琴岛……青苇芦花，白鹭红鸥，一片弥漫飘逸，让我忘却岁月的沧桑，让我留恋风景的美真。

灰鹤的歌声掠过湖面，在金色的阳光下盘旋。被风雨反复冲蚀的岁月蕴藏在湖波之中,山水之间涌动我激情难耐的心潮。

啊,歌颂与赞美,使我涨升跌落,水拍湖岸;

啊,庄严与美丽,使我静若处子,闭花羞月。

倾听雨水与山洪的叮咛,铭记大山与大河的嘱托,探求流淌与升腾的涵义,为此,我出落得如此美丽。

在这山水环抱的城市的清澈透明中,有我永恒的圣洁。

湖 恋

尽管我只是一泓碧波荡漾的柔水,尽管我只能静静地依偎在城市的身旁,和这座年轻的城市一样,我也有自己成长的梦想。

湖面一簇簇密不透风的苇群,那是我站立着的思想。春天拔节,夏日绿水,秋天来了,苇絮飘飞,那是我洁白如云的情操。湖中沙滩上,红鸥白鹭们在高傲地飞翔,那是我激动不已的思绪在上下翻飞。湖岸上人影浮动,他们的心潮可曾潮涨潮落,与我暗渡陈仓?

在水一方,是谁与我同声歌唱?是谁在欢笑的同时,背过身去,抹掉水声一片?在这水波连天的世界里,难道也有太多撕心裂肺的恋想?

但我不能忘却——碧波荡漾的水声里,是谁给了我如此美妙的青春容颜?潮涨潮落的日子里,是谁使我如此风情万种、灵性飞扬?

不曾有一刻的遗忘,我会永远铭记自己从叶脉上滚落下来的样子,我会永远铭记自己从根须中慢慢渗出来时的样子。正因为这样,我才有无尽的畅想。

我是大山的女儿，我是大河的女儿，我是这座美丽城市善良的人们的女儿。我有自己的心性，我有自己的梦想，我有自己的眷念，我有自己的希望。我会把命运融入季节的轮回中，我会把成长寄托在奉献的快乐里。我在渴望、我在憧憬——

　　我在无尽的畅想中奉献着我永恒的忠诚。

湖　魂

　　这座年轻城市是我终身依恋的驿站吗，我的心魂，可曾飘泊在千里之外？

　　在远山的牧场里，有谁能替我舀上一勺岁月的涛声？

　　在远河的波涛中，有谁能替我摘取一枚记忆的花朵？

　　就在那大山旁，有粗犷的牧歌，用长调编成记忆的歌谣。清清溪流边，洁白如云的羊群亲切地涌动在我的身旁，让我深深地体味着难言的感动和幸福。

　　就在那大河旁，平原上的风吹动着远去的帆影。逝者如斯，不舍昼夜，古道驿站，有西风把相思瘦成难言的孤独。

　　远山在呼唤，在用父亲一样深沉的目光注视着我，我的心怀在蓝天下是那样的清澈明净。

　　远河在长吟，在用母性的光芒沐浴着我，我的生命在歌声中呈现出永恒的美丽。

　　啊，大山父亲；

　　啊，大河母亲！

我的如梦如幻的体魄是你们给予,我的美轮美奂的思想被你们影响。我将在平原快乐如菊的行程中,在城市美丽似霞的陪伴里,在圣洁的湖面氤氲的空气中,在游人船桨的欸乃声里,在湖中苇群的躯干与叶脉中,在湖岸旁花朵的芬芳里,把眷恋你们的情愫幻化成生命的琼浆。

在山水之间的眷恋中,成就我永恒的魅力。

(本文荣获石嘴山市首届文学艺术作品奖)

热爱一座城市

有一种歌声

有一种歌声,永远是流行的曲调。

比如说思恋家园的歌声,让人怎么唱起来,都是一种泪光盈盈的感觉。

何况我们的家园,在一座名山的脚下,在一条天下闻名的大河旁边。

何况我们的家园的四季,永远是那么的分明。我们的家园的四季啊,春有春的声音,夏有夏的颜色,秋有秋的凝重,冬有冬的性格。

还有辛劳耕作的父老乡亲。他们不仅会生产小麦、玉米、稻谷,不仅会生产煤炭、陶瓷、钢铁,而且还会在劳作之余,漫起花儿,吼起秦腔,唱起二人转。他们的后代,还能让悠扬的琴声走南闯北,漂洋过海。

他们的歌声像那滚滚的太西乌金一样,让我们美丽的宁夏骄傲了多少年啊!

相信吗,有一种歌,能唱到地老天荒。

那时候都很年轻

那时候,我们都很年轻。

刚刚二十出头，正赶上立业时候。也许是继承了父辈的脾性，小伙子大姑娘干事业不讲条件，忙工作不挑不拣。也常有赶夜班的时候，精神头好，一夜不眠，调整调整，就过来了。

那时候，好像有使不完的力气。

要说闹过别扭，怎么没有？可那多是在工作上的。谁干得不好，自然别扭多。遇着了，大伙多说和说和，提提神，就赶上来了。

那时候，条件挺艰苦，但人心齐，想得也单纯。遇上拦路石，吆喝一声号子，困难就轰然坍塌了，这座城市就能伸伸腰，再长一截。

那时候，我们都还很年轻。年轻的我们和年轻的城市一路相伴，走到了今天。

也许，凭着缘分，我们会一直走向明天，绝不会有人落下。

（选自《当代中国微型文学作品选》）

到龙泉山庄去

我们说好去龙泉山庄是在5月,沙枣花正灼灼盛开的时节。

实际上从市区到龙泉山庄是挺简单的事。这个地方近十年前去过几次,当时去那里尽管七拐八拐,但由于就在城区边儿上,前后也就是二十来分钟,并不觉得远。一晃近十年过去了,这次去更觉得稀奇。车一出城,在一条新修的环城路上走了十分钟左右,龙泉村就映入眼帘。原来,环城路已通到龙泉村边上了。

龙泉村位于石嘴山市大武口区西南,东衔星海湖、沙湖景区,西依贺兰山,北邻北武当生态旅游区,是一座位于贺兰山下,集历史遗迹、乡村民俗、塞北文化与田园风光相互交融的古村落。

龙泉村自然资源独特,天然形成的九个汩汩流淌的泉眼,俗称九龙泉,泉水滋养着乡间小溪。贺兰山长城烽火台、古汉墓群遗址近在咫尺,印证着龙泉村古老而神秘的传说。乡村民俗展示馆里珍贵的文化遗存,使人感受到农耕文明的沧桑巨变。百余户错落有致、依山而居、自然和谐的农民新居,贺兰山野生紫蘑菇、农家枸杞、无公害蔬菜等天然绿色食品以及舒适的田园风光令人流连忘返。如今,这座有着300多年历史文化底蕴的山村,以其独特的魅力列于石嘴山美景之中,成为都市人群吃农家饭、住农家院、干农家活、当农家人的感悟之旅,体验民俗文化新村所带来的田园生活乐趣的理想之地。

九眼龙泉：美丽神话诞生地

相传,龙泉村后的山上有九条龙,终日护佑着村头至村尾的九眼泉水,泉水终年不绝地滋润着村子周围的庄稼地,养育着世代居住在这里的龙泉村村民,因此,"龙泉村"这个名字也就应运而生了。尤为称奇的是,由于地处贺兰山坡地,在龙泉村周围方圆几十里范围内,呈自然泉眼的,唯独龙泉村一处,而且是九眼泉水成一字排列在村庄的中心,犹如一串耀眼的翡翠明珠,镶嵌在龙泉山庄。龙泉村上年纪的老人说,过去泉水旺,九眼泉水互相贯通,每到夏日,村童在家门前的水渠里戏水打乐。现在,九眼泉已不仅仅是村民的水源,更是引文人墨客思古的休闲之地,每到周末假日,城里人蜂拥而至,在泉边垂杆下钓,在泉旁浓厚的树荫下闭目养神,自得其乐,乐不思归。

这九眼泉里珍藏着庄稼人的神话故事,也蕴藏着诗人们的思古情怀。

民俗展馆：农耕文化的传承

龙泉村民俗博物馆于2008年7月18日正式开馆。场馆占地面积不大,馆藏却很丰富,大的有农民耕作用的耙犁子,小的有农家绣品虎头鞋；远的有汉代的酿酒陶罐,近的有新中国成立初期的粮票,这样的馆藏,大大小小收集了有近百件。在这个农耕文明难以复制的时代,博物馆为乡村民俗提供了一个生存的空间。它不仅见证了农耕文明的沧桑巨变和民间典藏,同时反映了不同时期人民群众的生产生活面貌,充分

展示了贺兰山地区丰富的文化底蕴和民俗文化的无限魅力。

汉代古墓:被封存的千年历史

2005年,在如火如荼的新农村建设中,人们不经意间掀开了被封存千年的古墓面纱,这些古墓正是坐落在龙泉村周边的汉代古墓。墓内挖掘出具有汉代风格的陶俑、陶罐、铁钱等陪葬品。据《后汉书》记载,汉代北地郡的廉县所在地正在如今的龙泉村一带,这里至今还留有大大小小的汉墓数十座。后经专家考证,龙泉村地区古汉墓距今已有2000多年历史。经抢救性挖掘,汉墓内尚存部分完整的陶俑,极具历史研究价值。

千年古墓,印证着金戈铁马的历史,巍巍贺兰,铭记着如歌如泣的沧桑。

长城烽燧:金戈铁马的战火记忆

唐代诗人王维诗曰:"贺兰山下阵如云,羽檄交驰日夕闻。"据考证,位于龙泉村附近的长城烽火台,其历史可以追溯至唐宋至西夏时期。由于龙泉村所处的特殊的地理位置,这里历来属于军事要地。又因地处农耕民族和游牧民族的交接地带,民族迁移十分频繁,在历史上是游牧民族通往中原地区的重要屏障,被誉为"朔方之保障,沙漠之咽喉",可见这一带自古就是兵家必争之地。

烟火烽燧已是远去的历史,夕阳下贺兰山长城烽火台透过朦胧的光影却不禁让人想起,在那金戈铁马的战火时代,"山这边的骆驼,爱上山那边的牧歌"。

欢乐农家:龙泉山庄

　　一个实行着高品质、低消费经营理念的农家大院就坐落在满是野菜与农家菜的龙泉山庄。大院周边依区域环境进行划分,一边是大片的生态养殖区,遛达鸡、孔雀、梅花鹿和谐共处,一边是种植新鲜蔬果的采摘区,游客与商家互动,享受田园风味。在这里,人们不仅可以享受到独具特色的饕餮盛宴,间歇还会有美轮美奂的歌舞演艺助兴。如果想要体验野炊,不妨走出院落,这里有新开辟的野外自助烧烤区,新鲜的空气、足够旺的炭火、一把把串好新鲜食材的铁钳,几多朋友、一壶清酒,不枉随性而来、满意而归。

　　龙泉村,一座不起眼的小山村,竟然蕴含着数百年的历史,竟然孕育着如此丰富的人文与自然传奇。

　　龙泉村位于绵延200多公里的贺兰山脉,称其为"贺兰山下第一村",当实至名归,故诗以咏之——

　　贺兰山下第一村,龙泉汩汩流清韵;
　　农家乐迎八方客,民俗馆里藏珍品。
　　长城烽火寄古思,千年汉墓埋忠魂;
　　塞北风光无限好,一壶浊酒醉古今。

（2015年）

贺兰山东麓　我们的家乡

一片枸杞林
——写给一对枸杞农场夫妇

在宁夏，你会深深相信，能与枸杞结缘，是有福的人。

2500百年前，《诗经》里就有一行温暖的诗句："陟彼北山，言采其杞。"这是我们祖先关于吟诵枸杞的最早的歌谣。

600多年前，我们的先民开始对野生的红果进行改良培育。枸杞，生长在朔方大地的红红的枸杞呵，已是大中华万药之中亦药亦食的人间圣品。

10年前，一对年轻夫妇，在他们睿智的长亲的指教下，扎根于贺兰山以东的家园，以天地为庐，以贺兰山为坐标，与枸杞为伍，把汗水、泪水和辛劳倾洒在养育枸杞的劳作中。春种、夏收、秋灌、冬藏，日出而作，日落不息。沙尘袭来了，幼小的杞树被无情吞噬；春寒时，杞树就已开始发芽；夏果丰收了，鸟雀也青睐这红红的果实……岁月轮转，久违了的丰收以串串红灯笼似的喜庆向他们致意。枸杞可不像麦子，不像稻子，不像糜子，只需要一次挥镰收割就可清场。在七月，红红的枸杞要奉献出头茬、二茬、三茬……以至七茬果实。七次收获，仿佛一场宏大的盛装舞会，高潮迭起，需要一次次不厌其烦的谢幕。

这还远远没有尽头。到了秋凉的九月,杞树会再次挂上红果,向人间阐释着秋实的含义。

要感谢这些与枸杞为伍的人们呢,是他们精心抚育着这些粒粒红果,让我们这个名姓冷峻的家乡也能折射出温暖的光芒。

啊,这就是我们的家乡,在这块神奇的土地上,只要你像那对勤劳乐观的年轻夫妇一样,洒下汗水,那红红的人间圣果就会用七月的七茬收获,就会用九月的三次谢幕,让你深深铭记——

只要与劳动结缘,丰收就会一直在门外守候!

站在北纬38度线上
——写给如葡萄一样摇曳生长的宁夏枸杞

北纬38度线,神奇莫名,只要与这条纬度搭界,总能吸引着世人的目光。

我们的家乡,就在贺兰山东麓、北纬38度线上。

因了与地球那端盛产优质葡萄的波尔多同在北纬38度线的缘故,地球这一端的贺兰山东麓我们的家乡,大片的土地之上,疯长着的葡萄长廊、美轮美奂的葡萄酒庄,也毫不害羞地囊括着几乎所有关于葡萄美酒的世界金奖。

其实,宁夏人更知道,老资格的人间圣果枸杞,站在北纬38度线上,一样令世界为之叹服。

不过,由于地处边塞,在浩瀚的历史长河中,除了《诗经》里那久远的一声叹惋外,翻遍唐诗宋词,贺兰山东麓的圣果枸杞,鲜为诗圣诗仙诗佛们青睐。

不像岭南荔枝,"一骑红尘妃子笑,无人知是荔枝来",在杜牧尖酸刻薄的诗句里,一个王朝随着美人的一笑绝尘而去。当然,以"吃货"著称的大诗人苏轼的一句"日啖荔枝三百颗,不辞长作岭南人",倒也让人对彼时生长在荒蛮之地的南国尤物神往有加;不像阴山葡萄,在王翰的《凉州词》里,一句"葡萄美酒夜光杯,欲饮琵琶马上催",能让戍边将士在苍茫的边地夜色中对酒当歌,梦回故里。

更让人折腕叹息的是,躲进秦岭深处辋川山水、刻意追求敬佛养性的王维,在巡游遍布枸杞的朔方大地、留下了"大漠孤烟直,长河落日圆"的千古名句之后,铩羽而归。但搜尽王维所有的清词丽句,竟不见半个与圣果枸杞有缘的文字。

地球的那一端也没有杞树,因此,宁夏的枸杞就这么一枝独秀地在天地间摇曳生长。

就这样,千百年来,宁夏的枸杞,以其世间独有的品质,以其并不伟岸的身姿,静静地扎根在贺兰山东麓,守候在北纬38度线,在这块碱性土地上,如一个不施粉黛的妙龄女子,洗尽铅华,恪守着她永恒的忠贞。

演绎了600多年后,红、黄、蓝、白、黑,在久负盛名的宁夏五宝里,枸杞啊,因成就了我们家园的底色,故稳稳地中着宁夏的头彩。

(2015年)

人在旅途

比较"昂贵"的机场早餐

初秋时分,得到被派往北戴河全国政协干部培训中心参加为期十天的学习机会。

记得从宁夏出发的当日,之前预定的机票为早上7时40分。为了赶机,早晨5点多就乘上单位的送站车匆匆赶往机场。因为走得早,没有顾上吃早餐。到了机场办完一应手续,看到离登机还有将近一个小时,正好候机室旁边有一家牛肉拉面馆,就势钻了进去,要了一份牛肉拉面,不想服务员一说价格,让我着实吃了一惊:68元!曾经听说过:在机场除过图书类外买什么都贵,却怎么也没想到一份权作早餐的牛肉拉面竟是这么个价。但人已进来,票也开了,只得硬着头皮接受。好在这份比较昂贵的拉面里确实有几块货真价实的牛肉,味道也差强人意。

小时候,常听到大人们讲出门在外讲究个"穷家富路",如今在机场遇到这昂贵的早餐,让我着实感受到这四个字沉甸甸的含义。

距目的地还要坐很长时间的大巴

银川到北京,空中飞行一个多小时,感觉过了一会儿就到了。

On the Road 2016

但一下飞机,到机场大巴处买到秦皇岛市的车票,却被告知还要坐四个小时的机场大巴,当时的脑子就有点懵:北戴河不就在北京附近么,怎么还有这么长时间的路程?

这还不算,乘上机场大巴之后,倒是一路高速,经过近四个小时的颠簸,终于在下午两点多到了秦皇岛市汽车站。下了大巴,没有见到接站的车,懵懵懂懂赶到汽车站买票处排队。等排到跟前,一说要买到北戴河的票,卖票的工作人员不耐烦地往外一指:到对面乘市内公交车去!尽管受到数落,但还是很高兴:市内公交,应该很快就到目的地了。

果然,乘上到北戴河的市内公交,才3元票价。我喜滋滋地找了个座位,安心坐下,一路欣赏着这座滨海城市的美景。没想到,这一晃就是两个多小时,等到了北戴河,距我所到达的目的地还有一段不近的距离,于是,忙忙地打了15元的的士,才到了培训地点。

令人啼笑皆非的是:等我办完手续,入住培训宾馆房间时,发现与我同居一室的竟是一路与我同乘一机、同乘一辆机场大巴且几乎坐在前后位的宁夏同仁。所不同的是,在秦皇岛车站,他直接打了一辆的士先我到了培训中心而已。

在所居住的城市生活习惯了,常常调侃:感觉好就对,实际并不尽然,一旦时空变换之后,很多惯性思维是要被颠覆的。看来,"感觉"在某些时候,是一种很不靠谱的事情。

北戴河的景区那叫个多

在北戴河期间,我们利用课余时间充分领略了这座滨海城市的美丽景色。这其中，对布局在北戴河各处的景区印象颇深——这里的景区那叫个多啊！

　　作为一座滨海城市，北戴河在旅游方面把濒临大海的优势发挥到了极致。尽管这里也有北方地区面临的"景区半年闲"的特点，但这似乎并不影响景区星罗棋布地生长在北戴河的各个角落。从宣传画页上看，以山海关和老龙头等国家5A级景区领衔，一个北戴河区域内，仅国家3A级以上景区就有20多处，其中国家5A级两家，国家4A级六七家，其密度之大，恐怕国内少有，以有"天下第一关"美誉的山海关景区名气最大，它不仅是华北与东北的分界线，更因为与一个封建王朝的兴衰息息相关而名震天下。"冲冠一怒为红颜"的大明守将吴三桂就是在这里为了自己的爱妾而将虎狼之师引入关内，从而有了中国最后一个大清王朝的200多年的统治。但名气再大，我们在这个景区逗留的时间也就半个小时。至于我们涉足的另一个景点——"长城"号游轮，尽管是在海边航行了半个多小时，算是领略了一番渤海的风景，但事后了解到这竟然也是一个国家3A级景点，且人流熙攘，不禁哑然失笑：一艘游轮，也为景区，怪不得这里景区遍布！这么想着，思绪飘回我们生活的位于贺兰山脚下的城市。如果我们充分借助贺兰山名动天下的效应，着力打造位于历史上的军事关隘（有依山而建的明长城为证，当然，更应借助的是岳飞的千古名句"驾长车、踏破贺兰山缺"），以及香火盛及宁蒙两省的北武当寿佛寺等品牌，如此，这一景区何止已延宕至今的国家3A级！

　　正因为北戴河处处皆景，这座城市的决策者目前又提出了"城区即景区"的先进理念，将整个北戴河城市区作为一个国家5A级景区进行创建，这又是一个让人多么啧啧称赞的举措！

"大娘水饺"

9月1日,从北戴河乘动车赴北京火车站,赶上一场秋雨。到了北京火车站时间尚早,把行李寄存起来,背了个简单的背包就钻进北京的秋雨中。本想利用比较宽裕的时间在北京转转,特别是距上次到天安门广场已经几十年光景了,何不借此机会再去看看?不承想"九·三"阅兵临近,走在北京大街上,时时都遇着要检查过往行人的背包,很不方便,加上秋雨还在淅淅沥沥地下着,看到已近中午,便取消了去天安门广场的念头,就近在火车站前一家名为"大娘水饺"的饭馆,要了一份水饺。

就在等待水饺上来工夫,一抬头,看到店里一面墙上,挂着一幅字画,上面书着这家店名的由来,名曰:有容乃大,百姓是娘,上善若水,美食曰饺。整个书法汪洋恣肆,行云流畅,其中"大娘水饺"四个字比较突出地大了些,但布局甚为妥当,观之赏心悦目,其中的内容让人揣摩再三,及至一份水饺上来,边吃边琢磨其中的意味,满脑子都是那四句话,至于水饺的滋味,早忘到九霄云外了。

中国人讲"饮食文化"。在京华,一家小小的店面,那里面的饮食文化,通过一帧得体的店面书法,表现得淋漓尽致,令人不由得深深折服。

(2015年)

新惠农

文景广场,一把神奇的钥匙

在惠农区文景广场,有一组形如钥匙的平面雕塑,惠农人称其为"历史长河"……

是谁具有如此博大的胸怀
让苍天成为第一读者
把这块土地久远的过去悉心阅览
是谁具有这样睿智的思想
把深邃的历史表现得如此明明朗朗

这是惠农人钟情的休闲广场
在这组富有哲理色彩的雕塑旁
我看到老人们徜徉在这里
他们的目光是那样的宁静安详
我看见年轻人轻快地走过
他们青春的脚步总是那样不经意
把久远的历史瞬间丈量
我看见也有咿呀学语的孩子

让妈妈牵着小手
蹒跚在这历史长河里

面对这把神奇的钥匙
我把震撼深深地留在这里
我把敬仰深深地留在这里
我把思绪久久地留在这里
我自豪,我与握有这把神奇钥匙的人们
有着一样至亲至爱的深情

惠农新城,安居工程

在惠农新区,投资9亿多元的供沉陷区居民居住的经济适用房已有94栋即将封顶。2006年,将有近千户居民搬迁新居,这项工程被誉为石嘴山市最大的民心工程。

如果说最暖人心的城市景色
还是城市新区那一片刚刚盖起的新楼
寒冬了,楼群边耸立的塔吊静了下来
远远望去
像一只只展翅欲飞的蝴蝶停在那儿

那儿一定有花香吧
那儿一定有蜜源吧
那儿一定是春天的源头吧

我想，不管是谁

不管你来自什么地方

只要你了解到这是一片安居工程

是给处在塌陷区的矿工家庭们提供的楼群

只要你知道城市新区第一道壮美的景观

是这样一个特殊的群体

即便是在寒冷的冬日

也不会冻住你眼中溢满的热情

听惠农人讲发展观

在滨河大道与惠农新区交会处，惠农区人高起点建起六个通向河东的立交桥。惠农人讲，虽然这项工程要多花几百万元，但体现了以人为本观念，有利于城市人群休闲……

路上，是连接宁蒙的国道主干道

路下，在依傍城市新区的地方

有六个立交出口

为体现以人为本

惠农人多付出了几百万元建设资金

几百万元

可以再改造一条老城区的街路

可以给城市公益事业办好多事情

对于正在加速发展的新惠农来说

几百万元钱不是个小数

但为了避免以后人们横穿国道主干道

为了使城市与黄河有天然的血缘

为了每一个城市家庭没有惊险

城市新区的六个干道边

有立交桥与国道交错而过

走在宽阔的大道上

看立交桥建设的地方

那交错的形状

都是一个个大写的"人"字

黄河边,滨河大道向远方

在宁夏的城市群落里,唯有石嘴山市惠农区与古老的黄河唇齿相依。2005年,惠农城区滨河大道建成,一座崭新的滨河园林城市在不久的将来会展现在世人面前……

一条平展展的滨河大道

似一根神奇的针灸

把多少年拥挤在一片狭小区域的城市

一下子给治灵醒了

城市啊,这座已有百年历史的城市

直到今天才翻了个身

舒展了一下筋骨

这时，人们的眼光亮了起来
原来黄河就在我们身边
原来与水亲近是多么惬意的事儿

不，再向南看
还有黄河养育的红柳园呢
滨河大道向南延伸后
她们才像出阁的少女
要多美有多美
要多洋气有多洋气

这时，回望这座城市的新区老区
总感觉他们像一对兄弟
正鼓足劲儿
奔跑在滨河大道上

（2007年）

泥土的芬芳

——写在延安文艺座谈会会址

如果不是那个白底红字的小牌牌
你怎么也不会相信
那个著名的论断
产生于陕北这个很不起眼的
沟沟坎坎

相信当时座谈会的情景
比今天任何一个大型的座谈会
都要土气得多

那些纤弱的作家
那些手握刻刀的木刻家
那些随着音乐而飞扬的音乐家们
都随着前线的炮声去了
只留下一幅简单的合影
和那些伟人一起

装帧着共和国的文艺史

缘了那个声音
我们这个自古以黄土黄河自豪的国度
真正使高雅的文学
涌出一股子泥土的芬芳

五十年后
一位来自宁夏的青年
在那幅合影与白底红字的牌牌间
久久流连
他深深相信
所有伟大的声音
都芬芳于泥土中间

（1992年荣获宁夏新诗大赛一等奖）

六十年

——纪念《在延安文艺座谈会上的讲话》发表60周年

六十年
人生结为一个甲子
六十年
历史经历几多轮回

六十年前
那个穿透时空的声音
被马兰草制成的纸张印成文字
那文字蕴含真理和泥土的气息
故生生不息
后来
成为我们共和国的文艺宝典

六十年后的今天
我们仍然钟情那简陋的礼堂里
从根据地

从国统区

汇聚而至的才子们

发自内心的掌声

我们仍然神往那窑洞前碾子旁

领袖与艺术家们

促膝交谈的繁星闪烁的夜晚

我们仍然深深折服

那朴素而经典的阐述

六十年过去

缘了那指针火炬般的鸿篇

蕴含着的泥土的芬芳

故依然引领着一个民族的艺术

目清耳顺地拓展

(2002年分别刊载于《中华魂》《延安精神报》)

百姓语言

"路修得好,计划生育好,在村里不受人欺负,这都是共产党修的福,国民党、马鸿逵做不到。"

——平罗县下庙乡一位老农的话

听这话时,我在兰丰村
一个离乡上四十里、离县上六七十里
离省城一百多里地的宁夏平原小村庄

村里没有卫生院,没有公共汽车通过
连城里已无人问津的电影院
这里也没有
只有一条简易的柏油马路
连着这个村子
连着外面的世界

(如果不是下乡搞"三个代表"教育
我可能永远都不会来到这里)

就是在这儿

这位老农平静的话语
让我一下子又想起十六年前面对党旗发出的
掏心掏肺的誓言

我是一个农民的儿子
久居喧嚣的城市
灯红酒绿的世界麻木了我的神经
名利场尘封了曾经立下的信念
想的多是如何仕途顺畅
念的多是怎样适意舒坦
常听牢骚怪话
也遇困顿迷茫
直到有一天,连说起自己是个党员都难以理直气壮
直到有一天,才发现对农村已不再留恋

都说如今农民富了
可农民富得多不容易
都说农民有钱了
可一场风灾就能把半年的希望刮完
都说农民的日子宽展了
可农民的娃儿有个病灾
照样让一家人愁眉不展

我惭愧,我为自己曾经的浑浑噩噩惭愧

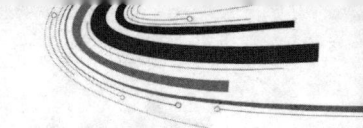

我庆幸,我能有机会聆听这位老农的教诲
我多么盼望,所有离开农村的农民的儿子
都能常回到村庄
来看一看农村真实的日子
来听一听老农真实的语言

在农村,我们就会明白
天底下最苦的,还是农民
天底下最亲的,还是养育我们的父老乡亲
天底下最实诚的,还是百姓的语言

是他们让我深深明了
一个共产党员肩上的责任

(2001年荣获宁夏新诗大赛一等奖)

最朴素的感情

"我们共产党人要处处关心群众,帮助老百姓办实事。离开了群众,我们什么事情也做不成。"
——1994年1月江泽民总书记在塞外坝上一户农家的谈话

　　那个15岁的女孩子
　　那个学习优秀却面临辍学的女孩子
　　做梦也没有想到
　　过去在电视上才能见到的江爷爷
　　今天会来到她那风雨飘摇的家

　　爸爸腰腿有病
　　妈妈也重病缠身
　　上年天旱歉收
　　草场好些,家里却没有劳力
　　眼睁睁考上了中学,却不能去读
　　生活的重担,过早地压在她那稚弱的肩上

　　严冬的塞外滴水成冰
　　简陋的土屋春意融融

当那女孩的爸爸
从总书记的手中接过棉被、棉衣
和一袋面粉时
女孩子哭了
穷人家的孩子最知道严冬的寒冷
穷人家的孩子更能感知共产党的恩情

总书记看到流泪的她
和蔼地问道:"你多大了?"
"15岁了"
"读书了没?"
"现在不上了,因为穷"

总书记对孩子的父亲说:
"你就这么一个孩子
还是要让她念书啊"
省里领导接上话茬说:
"孩子读书的事,希望工程可以帮助
这件事,我们负责解决"

听到这里
女孩子又落泪了
她是一个年仅15岁的孩子
在她幼小的心灵里

只知道爸爸妈妈办不成的事
那就绝望了
现在她知道：有共产党的关怀
有政府的关心
她和她那风雨飘摇的家
一样可以度过灾年
一样可以盼上好日子

这是1994年严冬的一天
无数中国的百姓从电视里、从报纸上
看到这动人的一幕
那里蕴含的，是领袖和人民
永难磨灭的朴素感情

（2002年）

On the Road 2016

你是阳光我是花

圣洁的新月宁静的夏,
吉祥的歌声飞出我们的家。

你是阳光我是花,
最美的花儿唱在蓝天下。
黄河是妈妈,
敞开温暖的怀抱;
贺兰山像爸爸,
为我遮挡寒冷的风沙。

啊!
父母之邦,
美丽的家!
色俩目色俩目,
安色俩目尔来库目①,
这是回回民族深情的表达。

圣洁的新月宁静的夏,

吉祥的歌声飞出我们的家。

你是阳光我是花,
最美的花儿唱在蓝天下。
五十六族兄弟姐妹,
我也是最美的一个;
壮美的民族自治区,
祖国家园盛开的奇葩。

啊!
父母之邦,
美丽的家!
色俩目色俩目,
安色俩目尔来库目,
这是回回民族深情的表达。

注① 回族问候语:愿真主赐你平安。

(2014年)

把楹联写在党旗上

一

访贫知民生知责任知惜福；
思廉至自省至境界至升华。

二

心系黎民，执政之源方有涓涓活水；
背靠稼穑，幸福之花就会灼灼盛开。

三

行中有规，事中有矩，规矩之外亦勿乱行事；
心中有纪，眼中有律，纪律面前切莫动心眼。

四

为民才可为官；
清廉方能清心。

五

安贫乐道；
思廉清心。

六

访贫最能接地气；

思廉岂不弃奢华。

七

修身用权律己要严勿松须知党性锻炼没有完成时；

谋事创业做人要实勿虚谨记作风建设永远在路上。

（2015年）

赴基层调研感言

　　随市政协视察位于贺兰山深处的石嘴山市太西煤基金征收站点和市公安局太西分局,感佩这两支队伍扎根深山的奉献精神,吟之咏之,以表敬意。

一

扎根贺兰山,
十年磨一剑。[①]
煤海搭舞台,
青春来作伴。
风餐又露宿,
开辟新财源。
三十五个亿,[②]
建设石嘴山。
家乡好儿女,
美名永世传。

注:①石嘴山市太西煤价格调节基金征收稽查站成立于2004年12

月,迄今刚刚走过10年历程。

②10年来,基金征收稽查站累计为石嘴山市征收基金35亿元,为石嘴山市经济建设和社会发展作出了突出贡献。

二

七尺男儿守深山,
金色盾牌热血染。
百里煤海显身手,
服务矿区保平安。
风餐露宿寻常事,
排危解难谈笑间。
莫道前路多崎岖,
一片冰心可慰天。

(2014年)

七律·石嘴山抒怀

大武口

塞北名城大武口,
山色苍茫水竞秀。
太西乌金世无双①,
钽铌天下争一流②。
武当回响和谐音,
星海润墨绘新图。
贺兰山下今胜昔,
儿女英雄业千秋!

注①太西煤以煤品极高曾与越南鸿基煤并称世界珍稀煤种。现越南鸿基煤已开采殆尽,目前仅存中国宁夏贺兰山太西煤。

②宁夏东方钽业集团的钽铌产品与美国、德国同类产品并称世界三强。

惠 农

水旱码头石嘴山①,

西北华北名震天。
岁月流逝雄风在，
一桥飞架惠两岸。
园区曾为排头兵[2]，
棚户改造走在前。
工业重镇铸辉煌，
陆路口岸谱新篇。

注①惠农区原为石嘴山区，后因区划调整与原惠农县合并成立新的惠农区。
②位于惠农区的国家级石嘴山经济技术开发区是宁夏最早成立的工业园区之一。

平 罗

平罗信是米粮川[1]，
水阔无边天更蓝。
玉皇阁旁新城起，
翰林大道街衢宽。
土地流转能生金[2]，
企业转型活力添。
百年古县风正劲[3]，
春光谁亚小江南[4]？

注①④分别取革命老人董必武"宁夏信是米粮川"和清代诗人法海"风光谁亚小江南"句。

②平罗县是全国24个农村改革试验区之一,也是唯一承担农村土地经营管理制度改革课题的试验区,其土地流转经验备受全国瞩目。

③平罗1724年(雍正二年)置县,距今近300年,是宁夏地区历史悠久的古县之一。

(2015年)

七律·感进海先生赴首府任职

  进海先生曾在位于石嘴山境内的贺兰山深处解放军某守备师服役，期间考入宁夏大学学习，是吾师兄。后从自治区党委调任石嘴山市，是吾领导。先生主政石嘴山市文化宣传期间颇多建树，并为《贺兰山诗丛》撰写总序"诗歌是人生感验的花朵"，吾散文诗集《人在高原》有幸忝列其中。先生现主政宁夏社会科学院，感其多年指教，赋诗一首，谨作纪念。

    壮士征战贺兰地，
    戎马生涯英气逼；
    经年主政问石嘴，
    一身文胆每相随；
    多卷文集盛民意，
    北部宁夏声名起；
    诗文书画皆"花朵"，
    有词付梓再问谁？

  （2013年收入张进海先生《春泥集》，宁夏人民教育出版社出版）

七律·赠老领导

乙未年秋,接自治区党委通知,石嘴山市政协党组副书记、常务副主席赵廷华光荣退休。廷华先生从政数十载,政绩卓著,口碑颇佳。同仁感念其德其政,同吟同诵,以兹纪念。

一

昨夜喜见跳灯花,
今晨奏报送贤达。
先生十载起郡县,
为医为官留佳话。
转战宁北理财政,
星海湖畔促开发。
太西煤里创基金,
石城税赋富万家。

二

更赞英雄无暮年,

议政建言气自华。
煤炭整治显成效,
蓝天绿地美如画。
协商民主谏诤言,
百姓冷暖常牵挂。
依依握别好师长,
他年与谁话桑麻?

（2015年）

七律·和牛锐先生

又是一年春色新,

故园相望思亲人;

书生不负桑梓情,

铁肩担当道义真;

书院乡刊传家事,

天南地北有知音;

遑论前行多坎坷,

成就白鹿第一人。

——2014年1月31日(农历马年正月初一)

附牛锐词

花千树,酒一杯,春安夏泰,秋吉冬祥。江山澄气象,冰雪净聪慧。燕雀应思壮志,梅兰珍重年华。芸阁书院自有乾坤,发现蓝田守望疆土。又见一年芳草绿,依旧十里杏花红。桃符更新正气驱邪气,春光伊始马年胜昨年。

——2014年1月31日(农历马年正月初一)

(牛锐系陕西芸阁书院院长、《发现蓝田》杂志社社长)

我的"走向故乡"

1989年,广西民族出版社出版了我的第一部散文诗集《走向故乡》,那年我26岁,在宁夏的一家报社工作。

至于知道这是一本宁夏作家公开出版、而且是第一部在宁夏以外的出版社出版的散文诗集,那已经到了10年后的1999年了。1999年,我出版第二部散文诗集《人在高原》时,一位一直关注我在文学天地耕耘的评论家认真地告诉了我这一情况。至今,我都能清晰地回忆起那位对我关爱有加的长者说这句话时的神态。

但我首先要讲清一个这世界谁都明白的道理:机遇总是青睐有准备的人的——如果把这本小书的问世确定为我文学生涯的一个里程碑的话。

1982年5月,在我大学二年级时,我的第一篇散文诗《纪念碑》在《宁夏日报》发表了。那时候,一个大学生的作品能在省报上发表,是件非常荣耀的事,尤其是在中文系就读的我,那时我刚刚过了19岁生日。对于从小就钟情文学的我,尽管在那一年我同时还发表了散文和诗歌作品,但在我的文学梦里,散文诗成了我最为心仪的一种文体、一个追求。后来,在我创办县报时,主持编辑出版了宁夏的第一部散文诗选集《红沙枣》,正是这个举措让上海诗人桂兴华盯住了我。在他主编的全国散文诗选集《散文诗的新生代》一书里,我有幸以散文诗《草原的魅

力》入选其中。而正是由于这次作品的入选,我的散文诗创作又引起在广西民族出版社担任"中国皇冠诗丛"主编的广西诗人黄神彪的注意,是他让10本散文诗集的其中之一花落我怀。

在20世纪80年代,文学就是那么神奇!命运亦是那么神奇!

说到这里,我不能不提到一件更令我惊奇不已的事:2009年,距《走向故乡》出版已整整20年的时候,由于岁月的漫长和不应该的疏忽,已无一本原书的我意外地收到一件来自几千里外的浙江的包裹。打开一看,我的眼睛都直了:原来竟然是一位名叫蔡万新的藏家收藏的我的一本《走向故乡》。不知他从哪个渠道了解到我新就职的单位,就寄来这本书想请我签名后再寄给他。对于这位素未谋面的藏友,我心存感激,但我也是多少年没有见到自己出版的第一部著作了。刚好当时我又在主编一套理论丛书,其中也有我的新著。我就把新著和自己的第二部散文诗集《人在高原》一并寄给了这位藏家,同时写下了千言万语感激不尽的话,算是满足了我那可怜的私心。

为什么在出版第一部散文诗集时,把书名确定为《走向故乡》,说实话现在已然模糊不清了,然而就像一种诗谶一样,在异乡奋斗逾三十载的我,现在却在践行着走向故乡的诺言:也许这就是命运在冥冥之中引领着你,那是一种无法抗拒的选择!

2012年岁末,因参加故乡的一项文学活动,我由认识故乡县委宣传部门的领导,到认识故乡的一份弥足珍贵的人文杂志《发现蓝田》,到认识这份优秀杂志的创办人,一个富有深厚的人文精神和崇高的历史使命的人群:牛锐、秦一氓、刘军锋、杨兆年,并通过这份人文杂志认识了费秉勋、宋黎明、王建章、卞寿堂、孙兴盛、曾宏根、鲁建、曹林燕等等故乡的文化人。我生命中的又一扇人文之门从此訇然开启,随着这扇大门訇然而开的,还有一缕来自故乡的清新的风。

这缕清新的风让我迷醉。我所蜗居的城市是一座以移民为其特色的边塞城市,这里遍布着因为各种机缘漂泊至此的蓝田人。我的文学特长又一次发挥了桥梁作用。同时,因为《发现蓝田》,2013年3月23日,借石嘴山市蓝田乡友联谊会成立之际,我们盛情邀请来了蓝田的党政领导,以宣传蓝田为己任的《发现蓝田》杂志社社长牛锐、总编辑秦一氓也莅临石城。塞上江南的神奇景色给故乡的嘉宾留下了难以磨灭的印象,而蓝田乡友的人文情怀同样让嘉宾们如同置身家乡!《美丽的蓝田》那熟悉的旋律,蓝田乡友那字正腔圆的家乡方言,秦腔特有的粗犷豪放,这一切都让来自故乡的嘉宾们恍若徜徉在蓝田的土塬山川。

因了文学,因了《发现蓝田》,我深深理解到,人有了文化就有了梦想的翅膀,而有了梦想就会让沉重的现实变得轻盈。我多么渴望文脉深厚的蓝田故乡的学子们,能心存一些梦想,能多一些书生之气。我们这些漂泊在外的游子,也会不遗余力地为故乡做点力所能及的事,哪怕是给他们提供一本小小的字典,哪怕是给学校提供一份人文刊物,哪怕是帮助学子们完成一次开阔眼界的远足的旅程。因为我们都有过苦难的童年,那个时候,哪怕有一点来自外力的片纸,甚或一句鼓励的话语,都可能改变一个学子的人生轨迹。

不可否认,随着岁月的变迁,世事的无常,曾几何时,文学已经少有最初那鲜亮的苞芽,也失去了曾经的光彩。但是,人有文气,家有家风,乡有乡情,县有文脉,国有灵魂,那是多么值得大书的幸事。我曾经在散文诗集《人在高原》后记中阐述过这样一个道理:当好一个记者,首先要有深厚的文学功底!不仅如此,有了一定的文学功底,你可以恣意提笔为文而毫不发怵，你可以恣意宣泄心中块垒而不会自闭，你可以面对眼前无限美景而畅意抒怀，你可以身在异乡而将无限乡思诉诸笔端。同时，还可以以文会友，结识天下文人学士。总之，因为文学，你的生命历程中会充满许许多多的神奇经历，就像我在飘摇半生后，又因为文学这座桥梁而安妥地走向故乡。

啊，20多年前，风华正茂的我出版的那本散文诗集最后的同名结篇《走向故乡》，仿佛诗谶一样，在导引着我走向故乡——

走向故乡。

便觉什么地方都有故乡的模样。

检点这二十六年的脚印，你说，看来这一世注定会选定这条道路为归宿。

你说，这于游子，几近于一个残酷的结局。

我不知道，但我不敢停留脚步。

听，在翻动我这片恋乡的心叶时，正伴着沙沙的脚步声。

（2015年）

附：

建功塞上倾情桑梓的蓝田赤子
——记宁夏石嘴山市政协副秘书长王跃英

孙兴盛

　　王跃英，1963年4月29日出生，蓝田县蓝关镇浮沱村人。得益于故乡的山水灵气，少年时的王跃英即以文笔优美出众，在浮沱村小学、大寨中学就读时，其作文经常被作为范文在班里和学校的墙报上张贴。大学二年级时，就开始在《宁夏日报》《朔方》发表诗歌、散文作品，成为活跃在校园的文艺骨干和《宁夏大学》校报特邀编辑。二十三岁时他加入了宁夏作家协会。二十六岁时，其第一部散文诗集《走向故乡》由广西民族出版社出版并向全国发行。至今，王跃英共出版个人著作4部，主编或执行主编各类文化理论丛书5部。

　　从十六岁只身到宁夏，十七岁考入宁夏大学中文系，1984年7月参加工作，他先后在宁夏陶乐县委宣传部、宁夏回族自治区党委宣传部、石嘴山市委宣传部等党政机关就职。35年过去了，当年从蓝田走出的少年学子，把一生最美好的青春岁月献给了宁夏这块神奇的土地，这块土地也成为他干事创业的壮美舞台。

　　王跃英现任石嘴山市政协副秘书长，社会兼职为宁夏作家协会会员，石嘴山市文联委员、市作家协会副主席，政协石嘴山市委员会第九

届、第十届委员。

一

深厚的文学功底成就了他在新闻事业上的业绩。

1984年7月,王跃英大学毕业被分配到位于宁夏东北角的陶乐县工作。陶乐县位于黄河东岸,因与宁夏平原隔河相望,几乎成为"被外界遗忘的角落",属于宁夏最为偏僻的小县之一,人口稀少,全县人口不足3万人,是个生活艰苦、条件较差的地方。王跃英不惧困难,在县委主要领导的支持下,创办了宁夏第一份县委机关报《陶乐月报》。铅字印刷,每月一期,向全县各个乡镇、机关、学校发送,并与宁夏各市县交流。这份报纸全方位地宣传了陶乐,让外界对陶乐有了新的认识,他本人也受到陶乐县委、县人民政府的表彰,成为县级先进工作者。

1986年10月,因工作表现突出,王跃英调至宁夏回族自治区党委宣传部宣传处工作,但在苤年被管辖陶乐县的石嘴山市以该市也要筹办地方党报为由,与自治区党委宣传部主要领导协商,将其调回。王跃英服从组织安排,从首府银川调回石嘴山市,开始筹备创办《石嘴山报》。在工作中,其娴熟的业务能力和忘我的创业精神得到组织的充分认可,1988年5月,二十五岁的他担任了石嘴山报社总编室主任;1996年5月,被中共石嘴山市委任命为石嘴山日报社副总编辑,从此走上了县处级领导干部岗位,时年三十三岁。在10多年的办报生涯中,身处领导岗位的王跃英组织了许多重大新闻战役,其中《石嘴山,你有多大名气》《我们距大动脉有多远》《回乡采风录》等新闻作品赢得石嘴山市乃至宁夏新闻界广泛好评。同时，他自己笔耕不辍，新闻作品先后50多次荣获全国地市报新闻奖及宁夏新闻奖，其文学作品也多次荣获宁夏文学大赛一等奖及全国各类奖项。他的散文、诗歌作品数十次被《宁夏青年作家作品精选·散文卷》《宁夏青年作家作品精选·诗歌卷》及全国性诗选集《散文诗的新生代》选入。

由于工作业绩突出，王跃英先后荣获"宁夏优秀新闻工作者"和石嘴山市市直机关"十佳共产党员"称号。

2002年2月，王跃英被调任市委政策研究室副主任。当年5月，在市委领导的大力支持下，他又创办了宁夏第一份市委机关刊物《决策与创新》。在政策研究室工作期间，王跃英能够充分发挥所长，积极撰写调研报告，为市委决策服务，其中许多调研成果成为推动石嘴山市经济社会发展的决策参考。他还积极争取全国政策研究室主任工作会议和全国城市党刊会议在石嘴山市召开，市委政策研究室主办的《决策与创新》被评为"全国十佳党刊"。

2005年5月，市委任命王跃英为正处级调研员。

二

2009年2月，王跃英被市委提拔任命为市委党校常务副校长。面对党校近一年没有配备主要领导、单位上年度考核为末等奖的艰难局面，党校一班人在市委的坚强领导下，紧紧依靠全校教职员工，锐意进取，大胆创新，提出了"把党校建成市委培训干部的主阵地和聚智谋策的思想库"的奋斗目标。经过一年多的艰苦实践，石嘴山市委党校被建成为全国党校系统唯一的拥有"党校、行政学院、社会主义学院、企业家学院、廉政教育基地和讲师团"等"六位一体"的新型党校。在宁夏党校系统内连续2年综合考核名列前茅,在石嘴山市考核中连续2年评为小组第一,综合考评为二等奖第一。在2009年至2011年期间,石嘴山市委党校还先后荣获了宁夏党校系统"先进办学单位"、宁夏党校系统科研工作组织奖以及石嘴山市科学发展观先进单位、市人才工作先进集体、市"西部大开发、经济大发展"先进集体、市先进性教育先进集体,全市音诗画大赛一等奖等集体荣誉。

2009年9月,由王跃英担任执行主编,在全国党校系统首家为12位党校教师编辑了11卷本、200余万字的《石嘴山党校理论文丛》,该套理论丛书由宁夏人民出版社出版,在社会上引起广泛关注。同年11月,在市纪检委的全力指导支持下,由市委党校创办的石嘴山市廉政教育基地,首开全国党校系统干部廉政教育基地进党校之先河。廉政教育基地不仅成为石嘴山市党政机关干部开展廉政教育活动的主阵地,而且接待了近10位省部级领导和北京、河北、山东、山西、陕西、内蒙古、新疆、湖北、四川等地及宁夏兄弟市县的干部团队学习参观,年接待量达3000多人次,被中共宁夏回族自治区纪律检查委员会命名为宁夏首批、宁夏党校系统唯一一家"宁夏廉政教育基地"。2010年,他执行主编的宁夏党校系统第一部校史《中共石嘴山市委党校校史》由宁夏人民出版社出版发行;由他执笔创作了宁夏党校系统第一首校歌《石嘴山市委党校校歌》……这些富有创新意识的工作,践行了时任市委主要领导倡导的石嘴山市各项工作要"在全国有亮点、西部有位置、宁夏敢争先"的目标。

在2009年度考核中，王跃英被评为优秀公务员。2010年，王跃英先后被中共石嘴山市委、市人民政府授予"石嘴山市50大庆先进个人"、被政协石嘴山市第九届委员会授予"市优秀政协委员"称号。同年，他的文学作品《圣湖颂——写给星海湖》被市委、市人民政府授予石嘴山市文学艺术作品三等奖。

三

2011年10月，王跃英调任石嘴山市政协副秘书长。2013年3月，在银川与来自蓝田的领导和乡友会聚时，王跃英深情地表示：参加工作近30年，已将一生最美好的青春年华奉献给了第二故乡；后30年，将尽已所能为第一故乡贡献力量。他情系桑梓，积极筹备石嘴山市蓝田乡友联谊会和第二届宁夏蓝田同乡联谊会的成立工作，并主动承担与蓝田县党政部门领导联系协调工作；积极参加远赴家乡蓝田县玉山镇山王村小学的捐资助学活动；积极支持家乡文化事业发展并亲自主编《发现蓝田·宁夏特刊》；积极倡导并组织与蓝田县北关中学协商开展每年一度的"蓝田学子宁夏行学"实践活动。由他亲自撰写的调研报告《蓝田的优势、劣势及发展对策》，得到蓝田县委主要领导的充分肯定，并转发蓝田相关领导和部门参阅；他以作品《家园》参加蓝田县委、县人民政府举办的"美丽蓝田、多彩西安"全国征文大赛，荣获优秀奖，并被收入《美丽蓝田多彩西安征文作品选》。

2014年4月，王跃英与石嘴山市蓝田同乡联谊会一行组织了"蓝田游子游蓝田"活动。12位在石嘴山市工作生活的蓝田游子及石嘴山市

相关部门的同志踏上蓝田热土,寻根问祖,热恋桑梓之情溢于言表。期间,他们还回访了远在玉山镇的山王村小学,与家乡的文化界人士进行交流座谈,与蓝田县北关中学领导就"蓝田学子宁夏行学"细节进行了进一步磋商。

作家、学者、公务员,无论身份和角色怎样转变,难改他一腔热爱生活、倾情桑梓的炽热情怀,也充分体现了一位在宁夏奋斗30余载的蓝田游子的拳拳之心。

(选自政协蓝田县委员会《天南地北蓝田人》志书2015年版,标题系编者所加。孙兴盛系中国作家协会会员、蓝田县作家协会主席)

美的事物是永恒的喜悦(代后记)

时光如白驹过隙,恍惚间履职新的工作岗位已近5个春秋。得益于这个特殊的平台,有幸亲历了石嘴山市政协许多重要的发展进程。其中尤以参与两项工作最为记忆犹新,这就是直接参与代市委起草《关于进一步加强人民政协工作的意见》及开展机关文化建设工程。

2012年,为贯彻中共中央和自治区党委精神,市政协组织专人开展代市委起草关于加强人民政协工作的实施意见。在政协领导的亲自带领下,起草小组两赴四川省眉山市等地,学习外地经验,并结合石嘴山市实际,完成了初稿。由于工作准备充分,又切合实际,文件在市委常委会上顺利通过,这就是当年下发的《中共石嘴山市委关于进一步加强人民政协工作的意见》(石党发〔2012〕48号)。其中的贯彻人民政协章程在区县政协设置秘书长职位,区县政协主席进入市政协常委,特别是市政协各专委会设置办公室主任等,从政治体制上保证了政协工作的开展,也为一批年轻同志进入政协工作岗位创造了条件,为机关增添了新鲜血液。

2013年以来,新一届市政协积极倡导打造"文化机关、书香政协"品牌,历时近两年时间,实施了机关文化建设工程,所形成的"三个长廊、三个活动室"格局,使机关充溢文化气息,这项工作在宁夏政协系统独树一帜。2015年7月1日,自治区党委及自治区政协主要领导莅石专题调研政协工作,视察了机关文化建设,并给予高度评价。

立足政协岗位,同样可以建功立业。这个理念在我参加全国政协干部培训班之后,进一步明晰起来。2015年8月,受组织委派,赴北戴河参加了全国政协干部培训班学习。在学习期间,聆听了从国家领导人到省部级领导和专家、将军的讲座。学到深处,感悟良深,直如醍醐灌顶,受益匪浅。期间,兄弟省区政协干部那种敬业精神,令人难以忘怀。带着这种深切的感受,在当年11月宁夏政协干部培训班上,我作了《在政协工作岗位上建功立业》的专题发言。

感谢这个特殊的工作平台。同时,还要感谢政协机关这个优秀的环境。惟其优质,故让满目沧桑的我能够心无旁骛、文思泉涌。当然,这一切都还要有一个"勤"字当头。我一直推崇"勤能补拙,勤能立身,勤能活人"这一理念,正缘于此,才让我在工作之余,还能成为一个"多产"的学人。就这次结集的文本而言,其中的多半篇章即出于近年。这些文稿也是我作为一名政协委员对地方经济社会发展的热切关注和人文情怀的真实体验。它们不断地见诸于各种报刊、研讨和讲座中,从一个侧面印证了政协人"话语权"的滥觞。宋人柳永有"才子词人,自是白衣卿相",虽为诳语,于我倒是家国情怀满满。能为这座培育我们成长的英雄城市贡献智慧和才华,同时,半生为文也时时萦系着千里外有着养育之恩的故园,因此,能不充溢着一种难以言状的喜悦——这个过程于一位履职近10年的"资深"政协委员和在外漂泊数十年的游子而言,未尝不是一个追求善美的历程。

由此,深深感谢成我之美的师长、亲朋。

作　者

2016年3月于石嘴山